BARBARA TAYLOR BRADFORD

Einmal den Traum erleben

Buch

Seit der ersten Begegnung schon knistert es zwischen dem 29jährigen Jake Cantrell und der 44jährigen erfolgreichen Innenarchitektin Maggie Sorrell. Sie arbeiten gemeinsam an der Gestaltung einer Theaterbühne, und Jake, ein begabter Elektroingenieur und Spezialist für Lichteffekte, möchte nach der Trennung von seiner Frau Amy endlich etwas aus seinem Leben machen. Aber Amy wehrt sich mit den subtilsten Mitteln gegen diese Trennung. Maggie dagegen ist schon eine Zeit lang geschieden und Mutter von erwachsenen Zwillingen. Wochenlang unterdrücken die beiden ihre Gefühle füreinander, aber als sie sich allein in einem romantischen Landhaus befinden, das sie gemeinsam renovieren, brechen alle Dämme. Es ist der Beginn einer zauberhaften, ungewöhnlichen Romanze, doch bald schon holt die Wirklichkeit die beiden Liebenden wieder ein. Amy erkrankt schwer, und Maggies Exmann bemüht sich erneut um seine Frau. Es beginnt eine schwere Zeit der Prüfungen für Maggies und Jakes außergewöhnliche Liebe ...

Autorin

Barbara Taylor Bradford wurde in Leeds geboren und begann ihre berufliche Laufbahn als Reporterin für zahlreiche englische Tageszeitungen und Modemagazine. Nach ihrer Hochzeit zog sie mit ihrem Mann, einem Filmproduzenten, nach New York, wo ihre überaus erfolgreiche Karriere als Schriftstellerin ihren Anfang nahm.

Von Barbara Taylor Bradford sind bereits erschienen

Auf den Flügeln der Hoffnung. Roman (43590)
Des Lebens bittere Süße. Roman (35001)
In den Wind geschrieben. Roman (43964)
Was bleibt, ist die Erinnerung. Roman (42801)

BARBARA
TAYLOR
BRADFORD

Einmal den Traum erleben

Roman

Aus dem Amerikanischen
von Elfriede Fuchs

BLANVALET

Die Originalausgabe erschien unter dem Titel
»Love in Another Town«
by Harper Collins Publishers, Inc., New York

Umwelthinweis:
Alle bedruckten Materialien dieses Taschenbuches
sind chlorfrei und umweltschonend.
Das Papier enthält Recycling-Anteile.

Blanvalet Taschenbücher erscheinen im Goldmann Verlag,
einem Unternehmen der Verlagsgruppe Bertelsmann GmbH

Taschenbuchausgabe Dezember 1998

Umschlaggestaltung: Design Team München
Umschlagfoto: Mauritius/AGE
Satz: IBV Satz- und Datentechnik GmbH, Berlin
Druck: Elsnerdruck, Berlin
Verlagsnummer: 35046
MD · Herstellung: Heidrun Nawrot
Made in Germany
ISBN 3-442-35046-8

1 3 5 7 9 10 8 6 4 2

Für Bob, meinen lieben Mann,
dem ich so viel zu verdanken habe

1

Jake Cantrell drosselte das Tempo seines Transporters, als er sich bei Boulders Inn dem Lake Waramaug näherte. Dann bremste er, hielt an und blickte aus dem Fenster.

Der See ruhte still. Unbewegt lag seine Oberfläche da, von einem spröden Glanz überhaucht, der fast silbrig war im Licht dieses kühlen Spätnachmittags im April. Jake wandte den Blick zum hellen Himmel, so ausgebleicht, daß er farb- und reglos schien wie das Wasser. Im krassen Gegensatz dazu standen die Hügel, die sich, dunkelgrün und üppig bewachsen, rings um den See erhoben.

Jake dachte wieder einmal, wie schön die Aussicht sei, eine traumhafte Landschaft aus Wasser und Himmel. Für ihn beschwor sie irgend etwas herauf, erinnerte ihn an einen anderen Ort, wenn er auch nicht wußte, an welchen ... eine Gegend, in der er nie gewesen war, außer in seiner Phantasie ... eine Gegend in England, Frankreich, Italien oder Deutschland, vielleicht sogar in Afrika. Eine Gegend, die er eines Tages gern besuchen würde. Falls er die Chance dazu bekam. Er hatte immer reisen wollen, von exotischen Ländern geträumt, doch bis jetzt war er in den achtundzwanzig Jahren seines Lebens auf diesem Planeten erst ein paarmal in New York gewesen und zweimal in Atlanta, wo seine Schwester Patty wohnte.

Jake hielt die Hand über die Augen, um nicht geblendet zu werden, und ließ seinen Blick erneut über Land, Wasser und Himmel schweifen. Das Licht ist unglaublich heute, dachte er, fast so, als wäre es nicht von dieser Welt.

Licht hatte Jake stets fasziniert, natürliches wie künstliches. Mit künstlichem ging er jeden Tag um, und das natürliche bannte er auf Leinwand – versuchte es zumindest –, wann immer er genug Zeit hatte, um zum Pinsel zu greifen und seinem Hobby zu frönen. Er malte gern und möglichst oft, obwohl er es nicht besonders gut konnte. Doch es befriedigte ihn so sehr, als seien ihm ganz spezielle Beleuchtungseffekte gelungen. Er hatte gerade einen großen Auftrag in dieser Richtung bekommen. Der Job war hart, stellte Jakes Talent und seine Phantasie auf die Probe, beflügelte aber auch seine Kreativität. Er liebte solche Herausforderungen.

Ein Auto hinter ihm hupte, und Jake löste sich aus seiner Gedankenverlorenheit, trat auf das Gaspedal und fuhr weiter.

Er folgte der Route 45 nach Norden. Sie würde ihn zur Route 341 bringen, und die lief weiter bis Kent. Erneut fiel Jake die ungewöhnliche Klarheit des Lichts auf; es schien den Glanz auf dem See widerzuspiegeln und auf dem Weg nach Norden noch heller zu werden.

Jake hatte erst vor kurzem erkannt, daß jenes klare, strahlende Licht typisch war für diesen Teil von Connecticut, den einige in Anspielung auf Schottland die »Nordwestlichen Highlands« nannten und andere die »Litchfield-Berge«. Es war Jake egal, wie die Leute die Gegend bezeichneten. Er wußte nur, daß sie schön war, atemberaubend schön – für ihn war sie Gottes eigenes Land. Und die außergewöhnlich hellen Himmel, die manchmal fast unheimlich wirkten, riefen in Jake Ehrfurcht wach.

Die Gegend war für ihn relativ neu, obwohl er in Hartford geboren und aufgewachsen war und sein ganzes Leben in Connecticut verbracht hatte. In den letzten viereinhalb Jahren hatte er in New Milford gewohnt, doch er war selten über die Stadtgrenze hinausgekommen. Bis vor einem Jahr. Da hatte er sich endgültig von seiner Frau Amy getrennt.

Er war zunächst in New Milford geblieben, und wohnte allein in einem kleinen Apartment in der Bank Street. Um diese Zeit fing er auch an, aufs Land hinauszufahren, die weitere Umgebung zu erforschen, sich nach einer neuen Unterkunft umzusehen, etwas Besserem als dem Apartment – eine größere Wohnung sollte es sein oder, besser noch, ein Haus.

Vor drei Monaten hatte Jake schließlich an der Route 341 in der Nähe von Kent das kleine, weiße Holzschindelhaus gefunden. Es dauerte ein paar Wochen, bis er alles frisch gestrichen und bewohnbar gemacht hatte. Dann graste er auf der Suche nach Möbeln die Trödler und Privatverkäufer am Ort ab. Es überraschte ihn, was er hatte finden können, und auch die Preise setzten ihn in Erstaunen – er hielt sie für durchaus vernünftig. Binnen kurzem war das Haus wie neu und urgemütlich. Jakes letzte Erwerbungen waren ein Bett, diesmal ungebraucht, ein schöner Teppich und ein Fernseher, alles in einem der großen Kaufhäuser von Danbury erstanden. Vor drei Wochen war Jake eingezogen, und seitdem fühlte er sich wie ein König in seinem Palast.

Jake fuhr in gleichmäßigem Tempo und dachte an nichts Besonderes, außer daß er bald zu Hause sein würde. *Zu Hause.* Und plötzlich sann er über dieses Wort nach.

Es hatte sich in Jakes Kopf festgesetzt. »Zu Hause«, sagte er laut. Er würde tatsächlich bald zu Hause sein. Bei sich zu Hause. Er kostete die Vorstellung aus, genoß sie. Ein Lächeln umspielte seinen sensiblen Mund. *Zu Hause. Ein Zuhause. Ja, ein Zuhause.* Das Wort hatte plötzlich einen besonderen Sinn für ihn. Es bedeutete so viel. Nun ging ihm auf, daß er in den neun Jahren seiner Ehe mit

Amy keine von ihren diversen Wohnungen je als Zuhause bezeichnet hatte; wenn Jake von ihnen sprach, sagte er meistens *bei uns* oder *auf der Ranch* oder dergleichen.

Jetzt erkannte er, daß er bis heute mit dem Wort *Zuhause* immer jenes Haus in Hartford gemeint hatte, wo er von seinen Eltern, John und Annie Cantrell – beide seit mehreren Jahren tot –, großgezogen worden war. Doch das kleine, weiße Holzschindelhaus an der Route 341 mit seinem Palisadenzaun und seinem gepflegten Garten stellte tatsächlich ein Zuhause dar, und es war Jakes Schutzhafen geworden, sein Zufluchtsort. In der Nachbarschaft gab es einige Felder, und auf einem von ihnen stand eine große Scheune, die Jake zur Kombination aus Werkstatt und Atelier umgebaut hatte. Er hatte das Anwesen nur gemietet, aber es gefiel ihm so gut, daß er ernsthaft daran dachte, es zu kaufen. *Wenn* die Bank in New Milford ihm Kredit gab. *Wenn* der Eigentümer verkaufte. Jake schwebte im Moment hinsichtlich beider Möglichkeiten im ungewissen. Er konnte nur hoffen.

Außer daß es die richtige Größe hatte, lag das Haus nahe genug bei Northville. Dorthin war Jake vor ein paar Wochen mit seinem Elektrogeschäft umgezogen. Er wollte ganz weg von New Milford, weil dies der Ort war, an dem Amy nach wie vor wohnte und arbeitete. Nicht daß Feindseligkeit zwischen ihnen geherrscht hätte. Im Gegenteil. Sie waren trotz des Scheiterns ihrer Ehe gute Freunde.

Sie hatten sich halbwegs einvernehmlich getrennt, obwohl Amy ihren Jake anfangs nicht gehen lassen wollte. Schließlich hatte sie es akzeptiert. Ihr blieb keine andere Wahl. Jake hatte gefühlsmäßig und körperlich längst die Verbindung zu ihr abgebrochen – schon in der Zeit, zu der sie noch gemeinsam in New Milford wohnten. An dem Tag, da er seine Sachen gepackt und zum letzten Mal erklärt hatte, was er plante, hatte Amy resigniert gesagt: »Okay, Jake, ich bin mit der Trennung einverstanden. Aber laß uns Freunde bleiben. *Bitte.*«

Im Geist bereits abwesend und einen Fuß schon außerhalb der Wohnung, hatte Jake zugestimmt. Was konnte es schaden? Und es besänftigte Amy bis zu einem gewissen Grad – um so besser. Alles war Jake recht, wenn er sich nur leichter absetzen, endlich von Amy loskommen konnte – friedlich und ohne weitere Szenen.

Jakes Gedanken kreisten eine Weile um Amy. Sie tat ihm in mancher Hinsicht leid. Übel war sie im Grunde genommen nicht. Nur ein bißchen lahm, phantasielos und irgendwie spielverderbend. Im Lauf der Jahre hatte sie sich zum Mühlstein um seinen Hals entwickelt, ihn heruntergezogen bis zur Depression, einem ihm eigentlich fremden Zustand.

Jake wußte, daß er intelligent, schnell von Begriff und clever war. Immer schon, bereits als Kind. Und er war gut in seinem Job. Sein ehemaliger Chef bei Bolton Electric hatte ihm oft gesagt, was Beleuchtung und Spezialeffekte beträfe, sei er ein Genie. Und dank seines Elans, seiner harten Arbeit und seines Talents war er vorwärtsgekommen im Leben; er wollte noch weiter, aber Amy hatte ihn gebremst.

Sie hatte immer Angst, fürchtete, es könnte schiefgehen, wenn sie etwas taten, was außerhalb des Gewohnten lag, oder wenn Jake Maßnahmen traf, um seine und ihre Existenz zu verbessern. Amy hatte sich auch gesträubt, als er vor zwei Jahren bei Bolton Electric ausgeschieden war und sein eigenes Geschäft eröffnete.

»Das klappt nicht, das läuft bestimmt verkehrt. Und was wird dann aus uns?« hatte sie gejammert. »Was verstehst du schon von Aufträgen am Bau?« fuhr sie nervös fort, mit verhärmtem, blassem Gesicht und einem verkniffenen Zug um den Mund. Als Jake nicht antwortete, fügte sie hinzu: »Du bist ein guter Elektriker, das weiß ich. Aber du bist kein guter Geschäftsmann.«

Diese Bemerkung machte Jake wütend. Er funkelte Amy an und erwiderte in scharfem Ton: »Wie willst du wissen, worin ich gut bin? Du interessierst dich doch seit Jahren nicht mehr für mich und das, was ich tue.«

Amy hatte Jake mit offenem Mund angestarrt, sichtlich schockiert über seine Worte, aber er sagte die Wahrheit. Ihm schien nun, da er sich an jene Worte erinnerte, daß Amy bereits im zweiten Ehejahr das Interesse an ihm verloren hatte.

Jake stieß einen leisen Seufzer aus. Alles war so traurig geworden, so entmutigend, und er fragte sich zum hundertsten Mal, wie etwas nur so scheitern konnte. Amy und er waren gemeinsam in Hartford aufgewachsen und schon als Kinder ein Pärchen gewesen. Kurz nach Abschluß der High-School hatten sie geheiratet. Damals war die Zukunft für Jake hell gewesen, voller Verheißungen.

Er hatte Träume, ehrgeizige Pläne. Beides ging Amy leider total ab. Binnen weniger Jahre erkannte Jake, daß sie sich nicht nur mit großer Hartnäckigkeit gegen Veränderungen wehrte, sondern panische Angst vor ihnen hatte. Welche Pläne er auch entwickelte, um ihren Lebensstandard zu heben – Amy verpaßte ihm jedesmal eine kalte Dusche. Nach fünf Ehejahren bekam Jake langsam das Gefühl, in all dem eisigen Wasser zu ertrinken. Die Zukunft wirkte so trostlos, so ohne jede Aussicht und ohne Glück, daß er sich Amy nach und nach entfremdete.

Zufrieden damit, sich durchzuwursteln und keinen Fingerbreit vom gewohnten Trott abzuweichen, hatte Amy nicht einmal gemerkt, daß sich Jake sowohl körperlich als auch seelisch von ihr entfernte. Er mochte noch unter einem Dach mit ihr wohnen, aber im Grunde war er nicht mehr vorhanden.

Unvermeidlich fing er ein paar Affären mit anderen Frauen an und stellte fest, daß er nicht einmal Schuldgefühle dabei hatte. Damals – über zwei Jahre war es jetzt her – erkannte er auch, daß es aus war zwischen Amy und ihm. Jake war kein Casanova, und seine Untreue verriet ihm, daß nichts mehr übrig war von ihrer Beziehung, daß es nichts mehr zu retten gab. Jedenfalls für ihn nicht.

Durch ihre Apathie und ihre Angst, ihr Mißtrauen gegenüber Jake und seinen Fähigkeiten, hatte Amy die Ehe ruiniert. Und sie hatte Jake alle Hoffnungen genommen.

Doch jeder Mensch braucht Hoffnung... braucht Träume. Was, um Gottes willen, hat man schon, wenn nicht seine Träume? Und Amy war auf Jakes Träumen herumgetrampelt.

Trotzdem machte er ihr keine Vorwürfe; sie tat ihm aufrichtig leid, vielleicht weil er sie schon so viele Jahre kannte, fast sein ganzes Leben lang. Außerdem wußte er, daß sie ihn nie hatte verletzen *wollen*.

Jake stieß wieder einen leisen Seufzer aus. Amy gab von sich so wenig her, darum bekam sie auch so wenig zurück. Sie versäumte das Leben.

Amy war nach wie vor hübsch, hellhäutig und hellblond, aber sie machte nichts aus ihrem Typ, und so wirkte sie eher verblüht und grau.

Sie wird nie mehr heiraten, dachte Jake in plötzlicher Erkenntnis und stöhnte innerlich. Es würde wohl so enden, daß er ihr Unterhalt zahlte bis zu dem Tag, an dem sie starb. Oder er. Aber zum Teufel damit – das war nicht wichtig. Geld verdienen konnte er immer, das wußte er. Er besaß unerschütterliches Selbstvertrauen.

Jake fuhr langsamer mit dem Transporter, als er sich seinem weißen Holzschindelhaus näherte, bog von der Straße auf den Hof und parkte vor der Garage. Er ging zur Hintertür und trat in die Küche.

Zu Hause, dachte er und schaute sich um. Dann lächelte er. Ja, er *war* zu Hause. Und er war frei. Er hatte jetzt sein eigenes Geschäft. Es lief gut. Er hatte wieder eine helle Zukunft. Seine Träume waren ihm tatsächlich erhalten geblieben. Niemand konnte sie ihm mehr nehmen. Er lebte in Frieden mit sich. Und dem größten Teil der Welt. Auf seine Art lebte er sogar in Frieden mit Amy. Letzten Endes würden sie sich scheiden lassen und getrennte Wege gehen.

Wenn Jake Glück hatte, würde er eines Tages einer anderen Frau begegnen und sich in sie verlieben. Er würde wieder heiraten. Und hoffentlich ein Kind mit ihr haben. Vielleicht auch zwei oder drei. Eine Frau, ein Zuhause, Kinder, ein eigenes Geschäft ... Das wollte Jake, und ihm schien, daß es ebenso einfache wie wesentliche Dinge waren. Gewiß hatten sie nichts Kompliziertes an sich. Doch Amy hatte sie unerreichbar aussehen lassen, weil sie sie nicht gewollt hatte. Amy hatte nicht einmal ein Kind gewollt. Auch davor hatte sie sich gefürchtet.

»Und wenn mit dem Baby etwas nicht stimmt?« fragte sie Jake spröde, nachdem er mit ihr über ein gemeinsames Kind gesprochen hatte. »Wenn es behindert auf die Welt kommt? Was täten wir dann, Jake? Ich möchte kein behindertes Kind.«

Entsetzt und völlig verdattert hatte er sie angestarrt, stirnrunzelnd, weil er nicht begriff, wie Amy so etwas sagen konnte. Er empfand gleichzeitig eine Anwandlung von Zorn, und dieser Zorn war ihm lange geblieben.

Vor einem Jahr hatte er dann endlich erkannt, daß Amy ihn, solange sie zusammen waren, um die Fülle des Lebens betrog. Für Jake war das wie ein Verbrechen. Aber er hatte Amy auch nicht ernsthaft daran gehindert. Ein Opfer bist du nur, wenn du es zuläßt, hatte seine Mutter einmal gesagt. Er ermahnte sich, das nicht zu vergessen.

Jake hatte versucht, Amy bei jeder Form von Selbstveränderung zu helfen, aber sie hatte ihn immer nur verständnislos angeschaut. Veränderungen waren für sie zu kompliziert, nicht durchführbar.

Plötzlich ungeduldig mit sich selbst, schob Jake die Gedanken an Amy beiseite. Sie war jetzt für sich selbst verantwortlich. Wie er auch.

Jake öffnete den Kühlschrank, holte ein Bier heraus, entfernte den Kronkorken mit dem Flaschenöffner, der auf dem Küchentresen lag, lehnte sich dann gegen die Spüle, trank das gutgekühlte Bier aus der Flasche und genoß es; so schmeckte ihm Bier am besten.

Das Telefon klingelte. Jake griff nach dem Hörer. »Hallo?«

»Sind Sie's, Jake?«

Er drückte das Kreuz ein wenig durch, als er die Stimme hörte. »Ja. Wie geht es Ihnen, Samantha?«

»Gut, Jake, vielen Dank. Sie haben unseren Termin heute abend nicht vergessen, oder?«

»Nein, aber bei mir ist es ein bißchen später geworden. Ich bin eben erst von der Arbeit nach Hause gekommen. Aber ich werde mich beeilen.«

»Hetzen Sie sich nur nicht. Auch bei mir ist es später geworden als normal. Wir sehen uns dann im Theater.«

»Okay.« Jake warf einen Blick auf die Küchenuhr. Es war halb sechs. »In einer Stunde ungefähr?«

»Ist mir recht. Bye.«

»Bis später«, sagte Jake und legte auf.

Er trank die Flasche leer und ging ins Schlafzimmer. Nachdem er aus seinen Stiefeln und der Jeans geschlüpft war, zog er seinen dicken Pullover und seine Unterwäsche aus. Dann lief er ins Bad, um zu duschen. Nach fünf Minuten rubbelte er sich trocken, streifte einen Frotteebademantel über und tapste in das kleine Wohnzimmer.

Er stand vor seinem CD-Player und ließ den Blick über die Fächer mit den CDs daneben wandern. Jake hatte die Liebe zur Musik von seiner Mutter geerbt, besonders die zur Klassik und zur Oper. Seine Mutter hatte eine schöne Stimme gehabt, und er war mit Verdi und Puccini aufgewachsen, mit Mozart, Rachmaninow, Tschaikowsky und anderen großen Komponisten. Jake hatte immer bedauert, daß seine Mutter keine professionelle musikalische Ausbildung gehabt hatte, denn seiner Meinung nach hätte sie es verdient, in der Metropolitan Opera in New York oder der Mailänder Scala zu singen – so herrlich war ihre Stimme.

Automatisch streckte er die Hand nach einer Lieblingsoper seiner Mutter aus, *Tosca* von Puccini, aber nachdem er eine Weile die Maria-Callas-CD betrachtet hatte, stellte er sie zurück und griff sich eine andere – ausgewählte Arien von Puccini und Verdi, gesungen von Kiri Te Kanawa, für deren Stimme Jake schwärmte und der er unter allen Opernstars den Vorzug gab. Nachdem er die Anlage voll aufgedreht hatte, kehrte er ins Bad zurück. Er ließ sämtliche Türen offen, damit er die Musik genießen konnte.

Jake musterte sich im Spiegel und fuhr mit der Hand über sein Kinn. Eine Rasur war fällig, das ließ sich nicht bestreiten. Jake schäumte sich mit Rasierseife ein, schabte sich das Kinn mit einem Rasiermesser, spülte den restlichen Schaum ab, kämmte seine feuchten schwarzen Haare zurück und ging dann erneut ins Schlafzimmer. Dabei lauschte er ununterbrochen Te Kanawa, die Arien aus Verdis *Don Carlos,* dem *Troubadour* und *La Traviata* sang.

Als er eine saubere Bluejeans, ein frisches blaukariertes Hemd und ein dunkelblaues Sakko angezogen hatte, sang sie immer noch Verdi.

Eine von Jakes Lieblingsarien war »Vissi d'arte« aus *Tosca*. Er lief ins Wohnzimmer, drückte die entsprechende Nummer und setzte sich. Einerseits wollte er zu der Verabredung mit Samantha Matthews nicht zu spät kommen, andererseits wollte er noch seine Lieblingsarie aus *Tosca* hören.

Als Te Kanawas Stimme den Raum erfüllte, ließ Jake sich in einen Sessel fallen. Er wurde eingesponnen von der Musik, die ihn mit ihrer Schönheit und Traurigkeit immer wieder berührte.

Te Kanawa war Tosca, und sie sang von ihrem Kummer, ihren Sorgen, ihrer Not. Jake legte seinen Kopf gegen die Rückenlehne, schloß die Augen und gab sich ganz den wunderbaren Klängen hin.

Unerwartet schnürte es ihm die Kehle zu. Tränen stiegen in seine Augen. Seine Gefühle lagen plötzlich bloß ... er empfand starke Sehnsucht ... wenn er auch nicht genau wußte, wonach. Dann wußte er es plötzlich ... er wollte wieder etwas fühlen, wirklich *fühlen*. Ich weiß, daß es mehr gibt, es muß einfach mehr geben im Leben.

Jake ließ die Musik über sich hinwegfluten, entspannte sich und blieb regungslos sitzen, als die Arie zu Ende war. Im Ruhezustand wirkte sein schmales, wie gemeißeltes Gesicht weniger zerquält.

Nach einer Weile raffte er sich auf, stemmte seine schlanke Gestalt aus dem Sessel und stellte den CD-Player ab. Eigentlich sollte er in fünf Minuten in Kent sein, doch es würde länger dauern, dorthin zu kommen. Jake verließ das Haus durch die Küche und rannte zu seinem Transporter.

Auf dem Weg nach Kent dachte er über den Termin mit Samantha Matthews nach. Er war ihr vor einigen Wochen im Rahmen eines großen Auftrags begegnet, den er in der Nähe hatte – die Elektrotechnik für eine Villa in Washington, Connecticut. Samantha wohnte in dieser Stadt. Sie entwarf und fertigte ungewöhnliche Stoffe, die sich der Villenbesitzer, Jakes gegenwärtiger Kunde, für sein gesamtes Haus wünschte.

Samantha und Jake hatten eines Tages, als sie sich zusammen in der Villa aufhielten, bei einer Tasse Kaffee miteinander geredet. Samantha wollte mehr über die Beleuchtungseffekte erfahren, die Jake für das Haus und das Grundstück austüftelte.

Einige Tage später rief sie ihn mit einer Bitte an: er möge mit ihr zusammenarbeiten. Es gehe um das Bühnenbild für eine Theatergruppe in Kent, mit der sie zu tun habe.

Jake hatte sich einverstanden erklärt, zu einem Treffen zu kommen. Und das war heute abend. Er hatte keine Vorstellung davon, was ihn erwartete, und ihm war nicht klar, ob es das erste und letzte Treffen sein würde oder das erste von vielen.

Obwohl er Samantha nichts davon gesagt hatte, fand Jake es spannend, für ein Theater zu arbeiten, auch wenn es sich nur um eine Laienspielgruppe handelte wie die ihre. Er betrachtete das als aufregende Herausforderung und eine Möglichkeit, manches dazuzulernen.

Als Jake Cantrell nach Kent fuhr, innerlich nur mit Beleuchtungsproblemen beschäftigt, ahnte er nicht, daß er auf etwas Schicksalhaftes zusteuerte. Er wußte nicht, daß sich sein Leben bald ändern würde, und das so durchgreifend, daß es nie mehr dasselbe sein würde.

Wenn Jake später auf diesen Abend zurückblickte, dann staunend: erinnerte er sich doch daran, wie normal ihm alles vorgekommen war. Er fragte sich, warum er nicht gespürt hatte, daß etwas Folgenschweres geschehen würde, daß er im Begriff war, zu *der* großen Reise seines Lebens aufzubrechen.

2

Samantha Matthews blickte von dem Text auf, den sie mit Notizen versah, runzelte die Stirn und starrte über den Tisch hinweg ihre Freundin Maggie Sorrell an. »Und jetzt sagst du mir, daß du glaubst, ich hätte das falsche Stück ausgesucht! Wo ich gerade mit der Besetzung fertig bin und alle wie verrückt ihre Rollen lernen!« rief sie mit erhobener Stimme.

Maggie protestierte. »Das habe ich keineswegs gesagt! Ich habe dich nur gefragt, *warum* du dieses Stück ausgesucht hast. Ich habe bloß laut gedacht. Ehrlich.«

»Ob du nun laut gedacht hast oder nicht – es klang mir nach Kritik.«

»Nein, Sam.«

»Dann eben nach Zweifel.«

»Auch das nicht. Du weißt genau, ich zweifle nie an dir und dem, was du tust. Ich habe mir wirklich nur überlegt, warum gerade dieses Stück.«

Samantha nickte. »Okay, ich glaube dir. Ich weiß, du bist eine echte Freundin, die immer zu mir gehalten hat. Meine beste Freundin.«

»So wie du meine«, bestätigte Maggie. »Aber jetzt mal raus mit der Sprache. Verrate mir, warum du *Hexenjagd* ausgesucht hast.«

»Weil wir voriges Jahr, ehe du hierhergezogen bist, *Annie get your gun* gegeben haben, und ich wollte nicht schon wieder Regie bei einem Musical führen. Ich wollte ein Drama bringen. Am besten von einem bedeutenden amerikanischen Autor, der noch lebt. Deshalb habe ich ein Stück von Arthur Miller ausgesucht. Aber ich muß zugeben, es hat noch einen anderen Grund.«

»Weil wir es vor all den Jahren am Bennington College gespielt haben«, warf Maggie zwinkernd ein. »Das ist der andere Grund, oder?«

Samantha lehnte sich in ihrem Sessel zurück und betrachtete ihre Freundin einen Moment sehr konzentriert. Dann schüttelte sie langsam den Kopf. »Mitnichten.«

»Ich dachte wirklich, du hättest es aus sentimentalen Gründen ausgesucht ...« Maggie verzog ihr Gesicht und zuckte die Achseln. »Wie dumm von mir.«

»Aus sentimentalen Gründen?« echote Samantha.

»Gewiß. Wir waren neunzehn und wurden schnell Freundinnen. Beste Freundinnen! Wir hatten uns beide zum ersten Mal verliebt und standen zum ersten Mal auf den Brettern, die angeblich die Welt bedeuten. In *Hexenjagd.* Es war ein ganz besonderes Jahr für uns, aber das hast du vergessen, oder?«

»Nein, nein, ich erinnere mich genau an dieses Jahr – 1971. Ich habe erst neulich daran gedacht. Und in einer Hinsicht hast du recht. Als ich *Hexenjagd* ausgesucht habe, bin ich ein bißchen auf Nummer Sicher gegangen, weil ich das Stück so gut kenne. Aber als ich sagte, es hätte noch einen anderen Grund, habe ich den gemeint, daß Arthur Miller in Connecticut lebt und wir eine Theatergruppe sind, die in Connecticut auftritt. Wenn du willst, kannst du mich also ruhig sentimental nennen, Mag.«

»Im Grunde deines Herzens bist du jedenfalls ein Gefühlsmensch, obwohl du gerne so tust, als wärst du genau das Gegenteil«, erwiderte Maggie.

»Vielleicht«, gab Samantha lachend zu. »Es gibt allerdings Leute, die mich tyrannisch nennen.«

»Oh, das eine schließt das andere keineswegs aus«, feixte Maggie.

»Vielen Dank, beste Freundin. Aber kommen wir wieder auf das Stück. Du kennst es auch gut, und das wird definitiv ein Vorteil sein, wenn du dir Gedanken über das Bühnenbild machst.«

»Dir ist doch hoffentlich klar, daß ich mich ziemlich sorge wegen dieses Projekts, ja, Sam? Ich weiß beim besten Willen nicht mehr, warum ich mich von dir habe beschwatzen lassen. In meinem ganzen Leben habe ich noch kein Bühnenbild geschaffen!«

»Aber du hast einige sehr schöne Räume gestaltet, besonders in letzter Zeit, und ein erstes Mal gibt es bei allen Dingen. Es funktioniert bestimmt, und du leistest sicher gute Arbeit.«

»Ich wollte, ich wäre so zuversichtlich, wie du dich anhörst. Um die Wahrheit zu sagen – ich ahne nicht einmal, wo ich anfangen soll. Ich habe mir das Stück gestern abend erneut durchgelesen. Das Resultat war totale Mattscheibe. Ich sträube mich einfach gegen das Projekt. Gibt es nicht jemand anderen, der das Bühnenbild machen könnte?«

»Nein, Maggie. Du hast nur ein bißchen Lampenfieber. Das ist völlig normal. Wenn du den Bleistift zur Hand nimmst und anfängst zu skizzieren, fühlst du dich wieder wohl. *Glaub mir.*«

»Ich weiß nicht, ob ich das wirklich tun soll. Wenn ich dir früher geglaubt habe, bin ich immer nur in Schwierigkeiten geraten.«

Samantha schob ihren Sessel zurück. »Ist überhaupt nicht wahr«, widersprach sie. Sie stand auf und schritt gestikulierend über die Bühne.

»Du sollst hier einen tollen Hintergrund schaffen, Mag, und die Einrichtung muß natürlich genau der Zeit entsprechen. Will heißen, Amerikas Anfänge. Aber du bist die Expertin für Innenarchitektur – ich weiß also nicht, warum ich das überhaupt erwähnte.«

Samantha drehte sich um und schaute ihre Freundin an. »Für den Hintergrund schwebt mir etwas Dramatisches vor, etwas wirklich Ausgefallenes. Schwarz und Weiß, vielleicht ein paar Mischfarben, eine Art Grisaille, eine Malerei in Grautönen. Wie fändest du das?«

Maggie erhob sich, trat zu Samantha und nickte. »Ja!« rief sie, und es klang so, als fände sie das Projekt zum ersten Mal aufregend. »Ich weiß genau, was dir vorschwebt. Es muß karg sein. Fast öde. Gewiß aber düster. Und es muß ins Auge springen, ein bißchen unkonventionell sein. Wir sollten das Publikum überraschen.« Maggie zog eine Augenbraue hoch. »Meinst du nicht auch?«

Samantha schmunzelte. »Aber sicher. Ich wußte doch, daß es dich packt, wenn ich dein geniales Gehirn aktivieren kann! Du bist so begabt, Maggie, du hast soviel Phantasie – du läßt dir bestimmt das Richtige einfallen.«

»Hoffentlich. Ich möchte dich nicht enttäuschen ...«, Maggie unterbrach sich, runzelte die Stirn und fügte hinzu: »Weißt du was? Ich glaube, ich fahre noch diese Woche nach New York und besorge mir ein paar Bücher über Bühneneinrichtung und Bühnenbilder.«

»Ja, tu das ... Nein, warte, du brauchst dich gar nicht nach Manhattan zu bemühen. Versuch's mit den Buchhandlungen in Washington und Kent. Ich weiß, daß sie gut sortiert sind. Die haben alles, vom Suppenkochbuch bis zur Lebenshilfe für Bekloppte.«

Maggie lachte, wie immer erheitert von der plastischen Redeweise ihrer Freundin – das war schon auf dem College so gewesen.

Die beiden Frauen standen in der Mitte der Bühne und

diskutierten noch eine Weile über Ideen für den Hintergrund. Zwischendurch holte Maggie ihr Notizbuch aus der Handtasche und begann während des Redens rasch zu skizzieren. Samantha hörte dabei aufmerksam zu.

Beide Frauen waren dreiundvierzig und wirkten attraktiv. Doch sie waren grundverschieden, was ihr Aussehen und ihre Persönlichkeit betrafen.

Samantha Matthews war mittelgroß und schlank. Ihr vorzeitig silbergrau gewordenes Haar trug sie kurz geschnitten, mit einem fransigen Pony. Der Silberton ließ sie aber in keiner Weise alt wirken, weil sie ein jugendlich hübsches Gesicht und einen frischen Teint hatte. Ihre großen, weit auseinanderstehenden Augen waren dunkelbraun und hatten meist einen seelenvollen Ausdruck.

Energisch, begeisterungsfähig und gesellig, besaß sie einen offenen Charakter und ein freundliches Wesen. Sie neigte dazu, Kontrolle auszuüben und spielte gern die erste Geige. Trotzdem war sie entgegenkommend, gutherzig und umgänglich.

Maggie Sorrell dagegen war hochgewachsen und gertenschlank. Sie hatte strahlend hellblaue Augen, die manchmal einen sehr prüfenden Ausdruck zeigten. In ihrem dichten kastanienbraunen Haar schimmerten dunkelrote Lichter. Sie trug es nach hinten gebürstet und schulterlang. Obwohl ihr Gesicht herb war, eher markant als hübsch, wirkte sie weiblich und durchaus reizvoll.

Maggie bewegte sich flüssig und anmutig. Wenn sie die Dinge auch lässiger anzugehen schien, war sie genauso energisch und vital wie Samantha. Sie hatte nur eine andere Art, war ruhig und hatte sich immer im Griff. Sie war die Stillere, Zurückhaltendere von den beiden. Und doch war sie dynamisch, voller Leben und Optimismus.

In der Kleidung waren die beiden Frauen sich ebenfalls

auf charakteristische Weise selbst treu. Samantha trug heute abend ihre Uniform, wie sie es nannte: eine gutgeschnittene Bluejeans, eine weiße Hemdbluse aus reiner Baumwolle, einen schwarzen Gabardine-Blazer mit Messingknöpfen und auf Hochglanz polierte schwarze Halbschuhe mit weißen Socken.

Maggie, die weniger zum Klassischen neigte, trug einen dreiviertellangen Rock aus braunem Wildleder, dazu passende Wildlederstiefel, eine cremefarbene Seidenbluse und um die Schultern drapiert eine braune Kaschmirstola.

Beide Frauen neigten eher zur Unter- als zur Übertreibung. Doch sie besaßen den Sinn für Qualität und das Gespür für das, was ihnen stand; auch ihr privilegierter Hintergrund ließ sich daran erkennen.

Freundinnen seit Collegetagen, hatten sie sich ihre Vertrautheit erhalten, obwohl sie geraume Zeit durch Tausende von Kilometern getrennt gewesen waren. Sie hatten es geschafft, sich relativ oft zu sehen – mindestens zweimal im Jahr –, und sie hatten, solange sie denken konnten, jede Woche miteinander telefoniert. Maggie war vor acht Monaten, nach einer einschneidenden und schmerzhaften Veränderung in ihrem Leben, nach Connecticut gezogen, und inzwischen waren die Freundinnen wieder unzertrennlich.

Eine Tür im vorderen Teil des Theaters knallte zu, und die beiden Frauen erschraken. Automatisch drehten sie sich um und spähten in den matterleuchteten Zuschauerraum.

»Ach, das ist nur Tom Cruise«, griente Samantha, und ihrem Gesichtsausdruck nach schien sie sich zu freuen. Sie winkte dem Mann zu, der sich durch den Mittelgang der Bühne näherte.

Maggie faßte entsetzt Samanthas Arm und schaute in

ihre Blickrichtung. »*Tom Cruise*«, zischte sie. »Warum hast du mir das verschwiegen, lieber Himmel? Ist er hierhergezogen? Interessiert er sich für die Theatergruppe? O Gott, ich hoffe nur, er mischt sich nicht unter uns Normalsterbliche und spielt aus reinem Jux eine Rolle in dem Stück. Ich werde das Bühnenbild nicht machen können, wenn ein echter Profi in der Nähe ist!«

Samantha prustete amüsiert und sagte leise: »Meines Wissens lebt er nach wie vor in Kalifornien. Aber der Mann hier könnte ohne weiteres Tom Cruise sein. Er sieht ihm ähnlich. Deshalb habe ich ihn so getauft.«

Maggie ließ Samanthas Arm los, als der junge Mann über die Bühne auf sie zukam.

»Tut mir leid, daß ich so spät dran bin«, sagte er zu Samantha und gab ihr die Hand.

»Kein Problem«, antwortete Samantha. »Darf ich euch miteinander bekannt machen? Maggie, das ist Jake Cantrell. Jake, das ist Margaret Anne Sorrell, im allgemeinen unter dem Namen Maggie bekannt. Sie arbeitet als Innenarchitektin und wird das Bühnenbild für uns entwerfen. Maggie, Jake ist ein Genie, was Beleuchtung und Spezialeffekte angeht. Ich hoffe, er wird mit uns zusammenarbeiten. Wir brauchen mit Sicherheit einen Experten seiner Qualität.«

Jake betrachtete Samantha mit einem Lächeln, das Schüchternheit ahnen ließ, und wandte sich dann Maggie zu. »Es freut mich sehr, Sie kennenzulernen«, sagte er höflich und streckte ihr seine Hand entgegen.

Maggie drückte sie. Die Hand war kühl, ihr Griff war fest. »Und mich freut es, *Sie* kennenzulernen«, murmelte Maggie.

Jake und sie standen da und starrten einander ein paar Sekunden an.

Maggie registrierte, daß er ungewöhnlich gut aussah.

Sie merkte jedoch sofort, daß er sich dessen nicht bewußt war. Er hat Kummer, vermutete sie, als sie die Traurigkeit in seinen Augen erkannte.

Jake empfand, daß er in seinem ganzen Leben noch nie einer solchen Frau begegnet war – so gepflegt und so elegant. Er hatte sofort einen ungeheuren Respekt vor dieser Frau, die ihn sinnend mit kühlem, klugem Blick betrachtete.

3

Zu dritt setzten sie sich an den Tisch auf der Bühne, und Samantha gab Jake den Text des Stücks.

»Danke«, sagte er, warf einen Blick darauf und schaute dann Samantha an, die erklärte: »Wie Sie sehen, wollen wir *Hexenjagd* aufführen, und ich finde, Sie sollten das Stück so bald wie möglich lesen.« Samantha lächelte Jake strahlend an und fügte hinzu: »Heute abend treffen wir uns vor allem, um miteinander bekannt zu werden. Ich hoffe, wir können diese Woche noch einmal zusammenkommen – vielleicht am Freitag oder am Samstag – und ausführlich über Bühnenbild und Beleuchtung diskutieren. Bis dahin werden Sie besser wissen, was nötig ist.«

Jake betrachtete Samantha. »Ich kenne das Stück«, entgegnete er. »Sehr gut sogar. Von der High-School noch. Und ich habe vor ein paar Jahren eine Neuaufführung gesehen. Ich mochte Arthur Miller immer schon.«

Wenn es Samantha überraschte, dies zu hören, so ließ sie es sich nicht anmerken. Sie nickte nur und sagte: »Ich finde es wunderbar, daß Sie das Stück kennen. Dadurch sparen wir eine Menge Zeit.«

»Ich habe noch nie fürs Theater gearbeitet, das habe ich Ihnen ja schon bei Ihrem Anruf gesagt«, erwiderte Jake. »Aber ich weiß, daß bei diesem Stück dringend Stimmung nötig ist. Die Bühnenbeleuchtung sollte die Bedeutung des Textes hervorheben und Atmosphäre schaffen. In *Hexenjagd* sollte das eine geheimnisvolle Atmosphäre sein. Sehr geheimnisvoll. So, als stünde eine

Offenbarung bevor. Ich glaube, es ist überdies wichtig, nicht nur eine bestimmte Zeit, sondern auch einen bestimmten Ort heraufzubeschwören. In diesem Fall Salem, Massachusetts, im siebzehnten Jahrhundert. Kerzen sollten eine große Rolle spielen, Beleuchtungseffekte ebenfalls. Wir müssen die Morgendämmerung genauso imitieren wie die Nacht. Ich erinnere mich an eine nächtliche Szene im Wald. Wir werden interessante Kombinationen von Licht und Schatten brauchen.« Jake hielt inne und fragte sich, ob er zuviel geredet oder, schlimmer noch, sich blamiert hatte.

Er lehnte sich zurück und sah die beiden Frauen an. Sie musterten ihn. Er errötete und war plötzlich sehr verlegen.

Maggie, die Jake genau beobachtet und ihm ihre ganze Aufmerksamkeit geschenkt hatte, spürte, daß er sich unbehaglich fühlte, wenn sie auch nicht wußte, warum. Sie wollte ihm die Befangenheit nehmen und sagte rasch: »Sie haben genau ins Schwarze getroffen, Jake. Ich kenne das Stück selbst recht gut, aber mir ist klar, daß es mit dem Bühnenbild ziemlich schwierig wird. Auch für mich ist das der erste Versuch. In dieser Hinsicht bin ich im Theater ebenso neu wie Sie. Vielleicht können wir uns gegenseitig helfen.«

Maggie schloß lächelnd: »Und Samantha hat recht. Wir sollten uns diese Woche noch einmal treffen, wenn wir Gelegenheit hatten, unsere Erinnerung an das Stück aufzufrischen. Ich stehe am Freitag oder am Samstag zur Verfügung.« Maggie schaute Samantha an, dann wieder Jake. »Was ist euch lieber?«

»Samstag«, antwortete Samantha.

Jake schwieg. Ihm war fast beklommen zumute – ein Gefühl, das er sonst nicht kannte. Die Frauen betrachteten es als Selbstverständlichkeit, daß er bei ihrer Theatergruppe mitmachte, aber er war sich dessen noch nicht sicher. Er wußte nicht einmal, ob er Lust dazu hatte. Wieder fragte er sich, ob er zuviel gesagt, den beiden den Eindruck vermittelt hatte, er habe fest vor, in das Projekt einzusteigen.

»Paßt es Ihnen am Freitag besser, Jake?« erkundigte sich Maggie.

Jake schüttelte den Kopf. »Nein. Ich ...« Er verstummte abrupt. Plötzlich hatte er Scheu davor, sich den Frauen gegenüber auf irgend etwas festzulegen. Es konnte ihn zuviel Zeit kosten. Schließlich hatte er ein Geschäft und durfte die Zügel nicht schleifen lassen. Außerdem begann er in Gegenwart der beiden Frauen ein bißchen den Boden unter den Füßen zu verlieren. Sie waren so selbstsicher, kamen aus einer anderen Welt – einer Welt, die Jake nicht kannte. Und da war noch etwas. Ihm schien, daß sie ihre Theatergruppe sehr ernst nahmen. Mit Sicherheit waren sie entschlossen, eine gute Inszenierung zustande zu bringen. Jake wußte, daß Samantha Matthews eine Perfektionistin war – sein Kunde aus Washington hatte das neulich angedeutet. Jake stellte sich vor, daß sie eine strenge Auftraggeberin sein würde, sehr fordernd. Laß es lieber, dachte er.

Er räusperte sich mehrmals, richtete sich an Samantha und sagte: »Ich habe mich damit einverstanden erklärt, heute abend hierherzukommen, weil ich immer daran interessiert bin, mein Wissen zu erweitern. Also hat mich die Idee, eine Bühnenbeleuchtung zu schaffen, angesprochen. Aber ich habe das Gefühl, daß Sie hundertprozentigen Einsatz von mir verlangen, Samantha, und den kann ich Ihnen nicht bieten. Ich habe sehr viel zu tun mit meinem Geschäft. Ich arbeite meistens bis spät am Abend und ...«

Samantha fiel ihm ins Wort. »Nun überstürzen Sie bitte

nichts, Jake. Maggie und ich haben auch furchtbar viel zu tun. Schließlich müssen wir alle unsere Brötchen verdienen.«

Samantha ließ erneut ihr strahlendes Lächeln sehen und fügte hinzu: »Was immer Sie denken mögen, ein *so* großer Einsatz wird nicht von Ihnen erwartet. Wenn Sie uns Ihre Ideen für die Beleuchtungseffekte zeigen, müßten Sie sonst nichts mehr tun. Ab da würde ich die Sache übernehmen. Ich habe ein paar gute Bühnenarbeiter, die mir helfen, und einen Elektriker kenne ich auch.«

»Beleuchtung ist nicht so einfach«, antwortete Jake. »Man muß sogar sagen, daß sie ausgesprochen kompliziert ist, besonders bei diesem Stück.«

»Da haben Sie völlig recht«, warf Maggie ein. »Aber vielleicht überlegen Sie es sich doch noch einmal – ich würde es mir sehr wünschen. Nach dem zu urteilen, was mir Sam von Ihrer Arbeit in Bruce' Villa erzählt hat, verstehen Sie wirklich etwas von Ihrem Fach. Ich weiß, was in Ihnen vorgeht. Ich habe selbst vor ein paar Monaten ein eigenes Geschäft eröffnet und bin da voll engagiert. Trotzdem glaube ich, daß ich bei dieser kleinen Theatergeschichte eine Menge lernen werde.« Maggie lächelte Jake gewinnend an.

Er betrachtete sie, blickte ihr in die Augen und spürte, wie es in seinem Nacken anfing zu kribbeln. Maggie Sorrell war nicht hübsch im landläufigen Sinn. Aber sie hatte etwas, das über bloßes Hübschsein hinausging. Sie war atemberaubend, faszinierend, die Art Frau, die ein Mann zweimal anschaut. Und sie war von einer Eleganz, die nichts mit Kleidern zu tun hatte, sondern mit Persönlichkeit. Jake fühlte sich seltsam von ihr angesprochen. Innerlich zog er sich sofort zurück. Er hatte noch nie eine solche Frau gekannt, und er war nicht sicher, ob er es wollte.

Da er geschwiegen hatte, sprach Maggie weiter. »Sie haben selbst gesagt, am Anfang hätten Sie gedacht, daß Sie dazulernen könnten. In Wahrheit werden wir von dem Projekt in mehr als einer Hinsicht profitieren, Jake. Nehmen Sie zum Beispiel die Publicity. Wir werden eine Menge davon bekommen, und das ist für Ihr und mein Geschäft bestimmt nicht schlecht. Jedenfalls habe ich inzwischen gemerkt, daß ich, egal was ich tue, meistens jemanden kennenlerne, der zumindest Kunde von mir werden *könnte*.«

»Bravo! Da spricht ein echter Profi!« lobte Samantha. »Und Maggie hat recht, Jake. Aus dem Projekt können Sie wirklich mehrfach Ihren Nutzen ziehen.«

Als Jake immer noch stumm blieb, hakte Samantha nach: »Was haben Sie zu verlieren?«

Jake zögerte einen weiteren Moment und erwiderte schließlich ruhig: »Der Zeitaufwand ist das Problem. Mein Geschäft darf nicht darunter leiden.«

»So ist das bei uns allen«, erklärte Maggie. »Nun überwinden Sie sich, Jake. Versuchen Sie's. Ich versuche es auch. Das Projekt ist eine echte Herausforderung, und ich liebe Herausforderungen. Sie nicht?« Maggie wartete Jakes Antwort nicht ab, sondern sagte: »Und ich glaube, wir werden viel Spaß zusammen haben.«

Ehe Jake sich besinnen konnte, hatte er zugestimmt. Wobei er sich fragte, was er eigentlich tat. Um sich ein wenig abzusichern, fügte er rasch hinzu: »Wenn es zuviel wird, wenn es sich mit meiner Arbeit nicht vereinbaren läßt, muß ich aber aufhören. Dafür haben Sie doch Verständnis, oder?«

»Natürlich«, antwortete Samantha.

»Und der nächste Termin, Jake? Ist Ihnen Freitag oder Samstag lieber?« erkundigte sich Maggie.

»Samstag paßt mir besser«, sagte Jake. »Ich muß am

Freitag abend und Samstag vormittag arbeiten. Können wir uns vielleicht am Samstag nachmittag treffen? Am späten Nachmittag?«

»Mir soll's recht sein«, nickte Maggie.

»Abgemacht!« rief Samantha, und ihre Stimme klang plötzlich aufgeregt. »Aus uns wird garantiert ein tolles Team! Die Arbeit gefällt Ihnen sicher, Jake, Sie werden schon sehen. Ein rundum erfreuliches Erlebnis, verlassen Sie sich drauf! Übrigens, was Sie vorhin über die Beleuchtung gesagt haben hat mich beeindruckt. Ihre Ideen sind brillant! Ich finde, daß Sie die Beleuchtung jetzt schon im Griff haben.«

»Ich will es hoffen«, antwortete Jake und bemühte sich, nicht allzu geschmeichelt wegen des Kompliments auszusehen. »Ich habe dieses Stück immer sehr stark gefunden.«

»Ja, das ist es, und irgendwie auch erschreckend, wenn man bedenkt, daß sich alles um Lügen dreht – die furchtbaren Lügen, die Menschen einander erzählen«, bemerkte Maggie.

Als Jake wieder in seine Küche trat, war es kurz vor neun. Welchen Hunger er hatte, merkte er in dem Moment, als er den Kühlschrank öffnete und ein kühles Bier herausholte.

Nach ein paar Schlucken ging er ins Wohnzimmer, hängte sein Sakko über eine Sessellehne und kehrte in die Küche zurück. Binnen weniger Minuten hatte er eine Dose Cornedbeef und ein Glas sauer eingelegtes Gemüse geöffnet und sich ein Sandwich zubereitet.

Er trug den Teller und das Bier ins Wohnzimmer, stellte beides auf den kleinen gläsernen Couchtisch, setzte sich, griff zur Fernbedienung und schaltete den Fernseher ein. Dann aß er sein Sandwich, trank sein Bier und starrte in die Röhre. Viel Aufmerksamkeit schenkte er dem Programm nicht.

Jake war in Gedanken bei der Theatergruppe, bei *Hexenjagd* und den zwei Frauen, von denen er sich vorhin verabschiedet hatte. Sie waren Gegensätze, aber sehr sympathisch, und er mochte sie beide. Darum hatte er sich auch überreden lassen, die Beleuchtung des Stücks zu übernehmen. Jetzt wünschte er sich, er hätte nicht ja gesagt. Er hatte es wider besseres Wissen getan und ahnte schon, daß mit der Sache mehr Umstände verbunden sein würden, als sie wert war. Warum habe ich mich da hineinziehen lassen? fragte er sich erneut.

Plötzlich ungeduldig mit dem Fernseher und mit sich selbst, stellte Jake das Gerät ab und lehnte sich im Sessel zurück. Dann und wann trank er von seinem Bier.

Nach einer Weile stand er auf, trat ans Fenster und blickte zum Nachthimmel empor. Er überlegte sich, wie Maggie Sorrell wirklich war, doch er vermutete, daß er sie nie gut genug kennenlernen würde, um das zu ergründen.

4

Maggie Sorrell schreckte aus dem Schlaf hoch. Sie knipste die Lampe am Bett an und warf einen Blick auf den Wecker. Es war 3 Uhr 30.

Stöhnend machte sie das Licht aus, schlüpfte tief unter die Decke und versuchte wieder einzuschlafen. Aber sie wurde immer wacher, als sie an das Wohnzimmer und die Bibliothek jenes Hauses in Roxbury dachte, das sie für einen Kunden neu gestaltete. Stoff- und Teppichmuster, Wandfarben, Holzlasuren – all das ging ihr ununterbrochen durch den Kopf.

Schließlich gab sie es auf, zu einem festen Plan gelangen zu wollen. Jake Cantrell kam ihr in den Sinn. Er hatte etwas Anziehendes, sehr Einnehmendes, und er sah phantastisch aus. Nur weiß er es nicht, dachte Maggie wieder – wie schon vor einigen Stunden. Und dann erinnerte sie sich an die Traurigkeit, die sie in seinen hellgrünen Augen entdeckt hatte, und sie fragte sich, was in *seinem* Leben verkehrt gelaufen war.

Offenbar hatte ihn irgend jemand sehr verletzt. Sie kannte diesen Blick nur zu gut. Den Kriegsneurosenblick, so nannte sie das.

Eine Frau hat ihn erledigt, dachte Maggie, immer noch auf Jake konzentriert. Sie seufzte. Frauen und Männer. Was sie einander im Namen der Liebe antaten, war teuflisch. Es grenzte ans Kriminelle. Maggie mußte es wissen, denn auch ihr war es geschehen.

Mike Sorrell hatte sie am Ende wie mit einem Dolchstoß vernichtet. Doch ihre Seele hatte er schon lange Zeit vorher getötet.

Das Drama hatte sich vor zwei Jahren ereignet, aber die Erinnerung daran war immer noch frisch. Obwohl der Schmerz in den Hintergrund getreten war, gab es Momente, in denen er wiederkehrte und Maggie mit seiner Wucht verblüffte. Sie versuchte, die bösen Erinnerungen zu verscheuchen, doch sie schienen so entschlossen, bei ihr zu bleiben, als hätten sie ihren eigenen Willen.

Nächsten Monat werde ich vierundvierzig, dachte Maggie. *Vierundvierzig!* Es kam ihr absurd vor. Die Zeit war mit Lichtgeschwindigkeit vorbeigerast. Wo waren all die Jahre geblieben? Nun, Maggie wußte die Antwort darauf. Mike Sorrell hatte diese Jahre für sich vereinnahmt. Maggie hatte den größten Teils ihres Lebens Michael William Sorrell geopfert, seines Zeichens Rechtsanwalt, und ihren Zwillingen, Hannah und Peter, die das College besuchten und bald einundzwanzig wurden.

Alle drei waren aus Maggies Dasein verschwunden, und sie hatte gelernt, ohne Mann und Kinder zu existieren. Doch wenn sie an die Zwillinge dachte, tat es immer noch weh. Sie hatten die Partei ihres Vaters ergriffen, obwohl Maggie nach eigenem Ermessen nichts falsch gemacht hatte. *Er* war der schuldige Teil. Doch er besaß eine Menge Geld, und das fiel für die Zwillinge offenbar mehr ins Gewicht als ihre Liebe zur Mutter.

Wie schrecklich zu wissen, daß die eigenen Kinder gierig, habsüchtig und egoistisch waren! Dabei hatte Maggie sich so bemüht, sie gut zu erziehen, ihnen echte Werte zu vermitteln. Aber das war letztlich dabei herausgekommen. Die Zwillinge bewiesen Maggie, daß sie an ihnen versagt hatte.

Indem sie sich auf Mikes Seite stellten, hatten sie etwas Fundamentales in Maggie zerstört. Sie hatte die Kinder geboren, sie großgezogen, sich um sie gekümmert, wenn sie krank waren. Sie war immer für sie dagewesen und hatte sie ihr Leben lang begleitet. Was die Kinder ihr angetan hatten, fand Maggie erbärmlich. Sie hatten ihr die jahrzehntelange, ununterbrochene Fürsorge gleichsam vor die Füße geworfen. Sie hatten ihre Liebe wie ein ausrangiertes Spielzeug weggeschleudert.

In mancher Hinsicht hatte diese kaltherzige Abtrünnigkeit Maggie mehr getroffen als Mikes Verrat. Er hatte sie, kaum daß sie zweiundvierzig war, wegen einer jüngeren Frau verlassen, einer siebenundzwanzigjährigen Anwältin, die bei einer anderen Sozietät in Chicago arbeitete.

Aber ich habe es überlebt, dachte Maggie, und das hauptsächlich dank Samantha. Und meiner selbst.

Samantha hatte Maggie vor zwei Jahren die Hand entgegengestreckt, an jenem furchtbaren Tag im Mai, ihrem Geburtstag, als sie sich endlich eingestanden hatte, daß sie ihn allein verbringen würde.

Hannah und Peter gingen beide an eine nahe Universität, die Northwestern, waren aber viel zu sehr zu mit ihrem eigenen Leben beschäftigt, als sich Gedanken um den Geburtstag ihrer Mutter zu machen. Ihr Vater war an ebendiesem Morgen zu einer Geschäftsreise aufgebrochen und hatte Maggie nicht einmal zum Geburtstag gratuliert. Offenbar hatte er ihn vergessen.

An jenem Morgen im Mai saß Maggie allein in der Küche ihrer Wohnung am Lake Shore Drive. Sie fühlte sich total verlassen. Ohne Mann und Kinder war sie das auch. Ihre Eltern waren tot, und sie hatte keine Geschwister. An jenem Morgen im Mai fühlte sie sich völlig unnütz, zum alten Eisen geworfen, von niemandem mehr gebraucht. Selbst jetzt, so lange danach, konnte sie ihre Empfindungen nicht genau beschreiben, aber sie war zutiefst verstört gewesen, das wußte sie.

Als das Telefon klingelte und Maggie abnahm, hörte sie Samantha singen: »Happy birthday to you, happy birthday to you, happy birthday, liebe Maggie, happy birthday to you!«, worauf sie in Tränen ausbrach und schluchzend erklärte, daß sie ihren Geburtstag allein verbrächte, weil ihre Kinder keine Zeit für sie hätten und Mike auf Geschäftsreise war.

»Pack sofort ein paar Sachen zusammen, fahr zum Airport und komm mit dem nächsten Flieger nach New York«, befahl Samantha. »Ich buche was im Carlyle für uns. Da habe ich Beziehungen und kriege normalerweise immer ein Zimmer. Heute abend führe ich dich dann aus. In ein piekfeines und todschickes Lokal. Also bring dein schönstes Kleid mit!«

Maggie wollte protestieren, aber Samantha sagte bloß: »Ich bin taub gegen deine Ausreden. Ein *Nein* akzeptiere ich nicht. Jede volle Stunde startet eine Maschine. Du mußt nur einsteigen und dich nach New York fliegen lassen. *Pronto, pronto, pronto,* mein Schatz. Ich erwarte dich im Hotel.«

Wie versprochen war Samantha da, als Maggie eintraf, herzlich und liebevoll, mitfühlend und aufbauend. Die Freundinnen genossen ihre zwei gemeinsamen Tage trotz des traurigen Hintergrunds sehr, gingen in Manhattan zum Shopping und aßen in guten Restaurants. Ein Stück in einem Broadway-Theater und ein Besuch im Metropolitan Museum waren obligatorisch.

Daneben redeten sie endlos miteinander. Erinnerungen an die Zeit am Bennington College, wo sie sich kennengelernt hatten, wurden wach und an ihr Leben danach.

Samantha hatte einige Jahre später geheiratet als Maggie. Ihr Mann war Brite, Journalist mit Standort New York. Angus McAllister und Samantha schlossen den Bund für das Leben, als sie fünfundzwanzig war und er einunddreißig. Es war eine sehr glückliche Ehe, aber Angus kam nach fünf Jahren auf tragische Weise um – bei einem Flugzeugabsturz, als er wegen eines Auftrags nach Fernost unterwegs war.

Ein paar Monate später zog Samantha, die keine Kinder hatte, wieder nach Washington, Connecticut, wo ihre Eltern ein Wochenendhaus besessen hatten. So todunglücklich sie auch war – schließlich hatte sie es geschafft, mit ihrem Kummer halbwegs fertig zu werden. Es gab zwar einige Männer in ihrem Leben, aber sie heiratete nicht wieder.

Während des Geburtstagsbesuchs in New York fragte Maggie Samantha, warum sie keine neue Ehe eingehen würde. Samantha schüttelte den Kopf und sagte auf ihre plastische Art: »Hab' nicht den Richtigen gefunden, mein Schatz. Ich möchte bis über beide Ohren in jemanden verliebt sein – so wie in Angus. Ich möchte, daß mir flau im Magen wird und daß ich weiche Knie bekomme.« Samantha endete lachend: »Ich möchte vom Boden gehoben werden, in seine Arme, in sein Bett und in sein Leben – auf immer. So muß es sein, sonst ist es nichts für mich. Und auf *den* Mann warte ich noch.«

Später, auf dem Rückflug nach Chicago, hatte sich Maggie eingestanden, daß ihre Ehe mit Mike von Woche zu Woche unbefriedigender geworden war. Sie wußte nicht, was sie dagegen unternehmen sollte. Er schon. Einen Tag darauf kehrte Mike von seiner Geschäftsreise zurück. Er trat in die Wohnung, verkündete, er verlasse Maggie einer anderen Frau wegen und machte auf dem Absatz kehrt.

Als sich der erste Schock gelegt und Maggie bis zu einem gewissen Grad ihr Gleichgewicht wiedergefunden hatte, ging sie daran, das Chaos zu beseitigen, das Mike angerichtet hatte.

Die Scheidung wurde in die Wege geleitet, die Wohnung auf dem freien Markt angeboten, und als sie verkauft war, zog Maggie wieder nach Osten, zurück in ihre Heimatstadt New York.

Dort lebte sie ein halbes Jahr in einem kleinen Apartment. Ihre Eltern waren tot, sie hatte keine sonstigen Verwandten, und sie hatte den Kontakt zu sämtlichen alten Freundinnen und Freunden aus ihrer Jugend verloren. Es war ein einsames Dasein.

Samantha brauchte Maggie nicht lange zuzureden. Bald schaute sie sich nach Häusern im nordwestlichen Teil von Connecticut um.

Samantha bewegte sie auch dazu, wieder als Innenarchitektin zu arbeiten. Vor einigen Jahren war Maggie Juniorpartnerin einer erfolgreichen Einrichtungsfirma in Chicago gewesen und hatte jeden Moment dort genossen. Doch sie mußte den Job aufgeben, weil Mike keine berufstätige Frau wollte.

Jetzt allerdings konnte Maggie das tun, was ihre Freundin vorschlug. Sie eröffnete ein Dekorationsgeschäft, sobald sie sich in ihrem kleinen Kolonialstilhaus in Kent etabliert hatte. Das Haus – Maggies Meinung nach ein Juwel – war nur ein paar Kilometer von Washington entfernt, wo Samantha wohnte.

Dank der zahlreichen Kontakte ihrer Freundin hatte Maggie rasch Arbeit gefunden. Es gab kleine Aufträge, aber sie halfen ihr, sich in ihrem alten Beruf erneut heimisch zu fühlen. Mit dem Geld, das sie dabei verdiente, konnte sie einen Teil ihrer Hypothek abbezahlen.

Samantha, die ewige Optimistin, prophezeite Maggie immer wieder, eines nicht allzufernen Tages werde sie mit einem wirklich großen Job betraut. Und Maggie glaubte ihr, weil sie ebenfalls Optimistin war.

Maggie begann zu akzeptieren, daß sie auch den Rest

der Nacht keinen Schlaf finden würde. Sie knipste das Licht an, schaute erneut auf den Wecker – kurz vor vier – und beschloß, aufzustehen. Es trieb sie oft zu dieser frühen Stunde aus den Federn. Das Positive dabei war, daß sie bis acht Uhr eine Menge Arbeit geschafft hatte.

Kurz darauf saß Maggie an ihrem Schreibtisch, neben sich einen Becher Kaffee. Sie war angezogen, geschminkt und bereit für den Tag. Später würde sie nach Washington fahren, zu Samanthas Atelier, und die neuesten handbemalten Stoffe für das Schlafzimmer besichtigen, das sie in New Preston einrichtete. Dann würde sie dem Besitzer des Hauses in Roxbury einen Plan für seine Bibliothek vorlegen. Nun galt es, die Muster für diesen Raum zusammenzustellen.

Maggie holte die kleinen Proben aus mehreren Leinentaschen zu ihren Füßen. Sie hatte etliche Grün- und Rottöne – Farben, die der Besitzer wollte –, aber keiner davon gefiel ihr richtig. Das Rot war ihr in den meisten Fällen zu grell, das Grün zu fahl. Etwas Dunkles müßte es sein, murmelte sie vor sich hin. Und dann dachte sie, ohne es sich erklären zu können, an *Hexenjagd* und das Treffen gestern abend.

Wieder kam ihr Jake Cantrell in den Sinn, und wenn Maggie ehrlich mit sich war, mußte sie sich eingestehen, daß sie sich ziemlich töricht fand, hatte sie doch geglaubt, allerdings nur ein paar Sekunden, er sei wirklich Tom Cruise. Aber Samantha hatte sich so überzeugend angehört, als sie ihn ankündigte. Mit seinen Ideen zur Beleuchtung hatte er sie beide überrascht. Als er ausgeredet hatte, stand für Maggie fest, daß er sein Metier beherrschte und höchstwahrscheinlich so brillant war, wie Samantha behauptete. Andererseits wußte man nie bei Sam. Hübsche Gesichter hat sie immer schon gemocht, dachte Maggie, als sie die Muster auf ihrem Schreibtisch durchwühlte. Dann hielt sie inne, lehnte sich zurück und starrte ins Leere. »Aber er ist zu jung für Sam«, sagte sie laut. Und für dich auch, fügte sie stumm hinzu.

5

Jake hörte das Telefon läuten, als er aus der Dusche stieg. Er griff nach einem Handtuch, trocknete sich ab und zog seinen Frotteebademantel an.

Auf dem Weg ins Schlafzimmer hörte er, wie Maggie Sorrell »Bye« sagte. Der Anrufbeantworter schaltete sich aus. Jake drückte die Rücklauftaste und spielte ab, was gerade gesprochen worden war.

Ihre Stimme füllte den Raum. »Jake, hier ist Maggie Sorrell. Ich habe eben einen Großauftrag in Kent bekommen. Eine Farm. Es ist ein schönes, altes Anwesen, aber viel Arbeit. Das Gelände ist herrlich. Wären Sie vielleicht daran interessiert, die Elektroinstallation zu übernehmen? Innen und außen. Bitte rufen Sie zurück. Ich bin zu Hause.« Dann wiederholte Maggie die Nummer, die sie Jake am letzten Samstag bei dem Treffen im Theater gegeben hatte.

Jake setzte sich aufs Bett und spielte das Ganze noch einmal ab. Maggies Stimme gefiel ihm sehr, sehr gut. Hell, melodisch, kultiviert. Sie paßte zu der Frau. Er war ihr inzwischen bei drei Besprechungen zu *Hexenjagd* begegnet und merkte, daß er sich ungewöhnlich stark zu ihr hingezogen fühlte. Er dachte oft an sie, aber er hatte nicht vor, etwas im Hinblick darauf zu tun. Sie würde sich bestimmt nicht für ihn interessieren.

Doch die Elektroinstallation übernahm er gern. Der arbeitsreiche Auftrag, den er in Washington machte, stand kurz vor dem Abschluß; er und seine Leute würden in den nächsten Tagen damit fertig werden. Mit vier Angestellten mußte Jake so viele Jobs wie möglich an Land ziehen, damit die Männer beschäftigt waren. Zwei von ihnen waren verheiratet und hatten eine Familie zu ernähren. Jake fühlte sich verantwortlich für sie.

Er griff nach dem Telefon, um Maggie zurückzurufen. Aber dann ließ er den Hörer wieder auf die Gabel fallen. Er wollte nicht übereifrig wirken. Außerdem war er immer ein bißchen nervös, wenn er mit Maggie sprach. Jake ging wieder ins Bad, kämmte seine nassen Haare und zog sich an: Bluejeans und Pullover.

Fünfzehn Minuten später setzte er sich an den Schreibtisch in dem kleinen Zimmer in der Rückseite des Hauses, das ihm als Büro diente. Entschlossen wählte er Maggies Telefonnummer.

Sie hob sofort ab. »Ja?«

»Guten Abend, Maggie. Hier Jake.«

»Hallo, Jake. Haben Sie gehört, was ich Ihnen auf Band gesprochen habe?«

»Ja. Ich war unter der Dusche, als Sie angerufen haben?« Jake fragte sich, warum er das Maggie erzählte. Überstürzt fuhr er fort: »Das mit der Farm klingt interessant. Wo ist sie genau?«

»Nicht weit weg von Kent, in der Nähe von Bull's Bridge Corner. Es ist ein schönes Anwesen, und das Haus ist besonders bezaubernd.«

»Handelt es sich wirklich um einen Großauftrag?«

»Ich denke doch. Um ehrlich zu sein, Jake – im ganzen Haus sind neue Leitungen zu verlegen, und es muß umgestaltet und renoviert werden. Meiner Meinung nach ist mindestens dreißig Jahre lang nichts mehr daran gemacht worden. Die Frau, die die Farm gekauft hat – meine Kundin –, möchte, daß Klimaanlage und Zentralheizung eingebaut werden. In der Küche will sie überall neue Geräte haben, und eine Waschküche möchte sie auch. Dann kommt das Gelände. An der Außenbeleuchtung soll nicht gespart werden. Meine Kundin will einen Teich anlegen und eine Terrasse, oh, und es gibt noch ein altes Cottage, das sie für Gäste herrichten möchte, und in dessen erstem Stock soll eine Hausmeisterwohnung sein.« Maggie lachte. »Ich gehe also davon aus, daß es sich um einen Großauftrag handelt.«

»Hört sich ganz danach an, Maggie. Was steht uns bevor? Sechs, sieben Monate Arbeit?«

»Wahrscheinlich. Vielleicht auch ein bißchen mehr. Kriegen Sie das hin?«

»Ja, da bin ich ziemlich sicher. Und vielen Dank dafür, daß Sie an mich gedacht haben.«

»Samantha hat immer gesagt, Sie seien der Beste auf diesem Gebiet. Gestern habe ich außerdem gesehen, was Sie in dem Haus und auf dem Grundstück in Washington vollbracht haben. Ich war sehr beeindruckt.«

»Danke. Wann kann ich mir die Farm ansehen? Das täte ich gern, bevor ich mich festlege.«

»Wir könnten noch diese Woche hinfahren. Wie wär's mit Freitag? Das ist der 14. April.«

»Wunderbar. Welche Uhrzeit?«

»Ginge es bei Ihnen gegen acht?«

»Klar. Wo ist die Farm denn?«

»Das kann ich Ihnen schlecht beschreiben ... es geht über viele gewundene Straßen. Ich finde, wir sollten uns bei mir zu Hause treffen. Sie wissen ja, wo das ist, und wir könnten von dort gemeinsam aufbrechen. Das ist einfacher, und außerdem sparen wir Zeit.«

»Ich bin um Punkt acht da. Und, Maggie ...«

»Ja, Jake?«

»Nochmals vielen Dank dafür, daß Sie an mich gedacht haben.«

Nachdem Jake aufgelegt hatte, trug er den Termin in den dicken Kalender auf seinem Schreibtisch ein und in den Taschenkalender, den er immer bei sich hatte. Dann stand er auf und verließ das Haus.

Während er zu seinem Transporter ging, dachte er, er sei vielleicht doch nicht so dumm gewesen, sich mit der Theatergruppe zusammenzutun. Es sah so aus, als bekäme er dadurch einen neuen Auftrag. Doch er wußte genau, warum er sich auf die Theatergruppe eingelassen hatte. Ihretwegen natürlich. Maggie Sorrell war der eigentliche Grund.

Jake saß ein paar Sekunden hinter dem Lenkrad ohne sich zu rühren und bereitete sich innerlich auf etwas vor. Er mußte zu einer Verabredung, und er konnte nicht behaupten, daß er sich darauf freute.

Amy Cantrell stand in ihrem Wohnzimmer, schaute sich um und merkte plötzlich, wie unordentlich alles war. Bestürzung überfiel sie.

Es war ihr gelungen, Jake heute abend zum Kommen zu bewegen – das erste Mal seit Monaten –, und sie wußte, daß er angeekelt sein würde. Er haßte Durcheinander, haßte Unordnung. Er selbst war wie aus dem Ei gepellt – immer schon, seit Amy ihn kannte. Ihre Unfähigkeit, sich zu organisieren, zusammen mit ihrer Schlamperei, hatten oft zum Krach geführt. Amy begriff nicht, wie sie binnen Sekunden in einem Zimmer das reinste Chaos anrichten konnte. Sie machte das nicht absichtlich. Es passierte einfach.

Amy runzelte die Stirn und begann rasch, die Zeitungen und Illustrierten aufzusammeln, die über den Couchtisch und den Boden darunter verstreut waren. Sie legte alles vorläufig auf einen Sessel, schüttelte die Sofakissen auf und brachte dann den Stapel Papier in die Küche.

Als Amy das gebrauchte Geschirr in der Spüle sah, stöhnte sie. Das hatte sie ganz vergessen. Aufgebracht lud sie die Zeitungen ab und öffnete die Spülmaschine; sie war voll bis zum Rand und nicht angestellt worden. Alles war schmutzig. Bei dem Versuch, noch mehr Sachen in die Spülmaschine zu kriegen, war Amy zu hastig und ließ einen Becher fallen. Er ging zu Bruch.

Nun schrillte das Telefon. Amy hob ab. »Hallo?«

»Ich bin's, Amy. Ist er schon da?«

»Nein, Mom. Er kommt erst nach acht.«

»Warum so spät, Amy?«

»Das weiß ich nicht, Mom. Er hat zu arbeiten.«

»Sprich ihn auf Unterhalt an. Sag, daß du Unterhalt von ihm willst.«

»Mom, ich muß Schluß machen. Echt. Ich versuche gerade, hier aufzuräumen. Jake haßt Unordnung.«

»Was kümmert dich das? Er hat dich verlassen.«

»Trotzdem – ich muß Schluß machen, Mom. Bye.« Amy legte auf, ehe ihre Mutter noch ein Wort sagen konnte.

Sie lief durch die Küche in Richtung Spülmaschine und zerkrümelte dabei die Keramikscherben des zerbrochenen Bechers unter ihren Füßen. Entnervt schaute sie zu Boden und biß sich auf die Unterlippe. Sie holte schnell Schaufel und Besen, den Tränen nahe.

In den nächsten Minuten versuchte Amy, Ordnung in der Küche zu schaffen, bevor sie ins Schlafzimmer ging. Wie immer in letzter Zeit hatte sie das Bett noch nicht gemacht. Der bloße Gedanke daran war ihr zuviel. Amy kapitulierte vor der Hausarbeit, die noch hätte getan werden müssen, und eilte ins Bad.

Nachdem sie sich das Gesicht gewaschen und die Zähne geputzt hatte, kämmte sie ihr hellblondes Haar. Es hing lustlos um ihr Gesicht herum.

Amy Cantrell seufzte, als sie sich im Spiegel betrachtete. Sie fragte sich, was sie tun konnte, um besser auszusehen, langte nach ihrer Grundierungscreme, verrieb sich ein wenig davon ins Gesicht und stäubte Puder darüber. Nachdem sie ihre Wangenknochen mit Rouge hervorgehoben hatte, schminkte sie ihren Mund mit Lippenstift in hellem Pink.

Das Spiegelbild machte Amy wütend. Sie sah kein bißchen besser aus als vor ein paar Minuten. Tränen stiegen ihr in die Augen. Sie war ein einziges Chaos. Die Wohnung war ein einziges Chaos. Amy hatte nie gewußt, was sie dagegen unternehmen sollte.

Ihre Freundin Mandy hatte einmal angeboten, ihr zu zeigen, wie man sich richtig schminkte, aber Amy hatte keinen Gebrauch davon gemacht. Sie fragte sich, warum nicht. Was den Zustand der Wohnung betraf, so hatte Amy nie Zeit, und je mehr sie aufräumte, desto schlimmer wurde das Durcheinander. Amy putzte sich die Nase mit einem Papiertaschentuch und tupfte die Tränen ab. Es war einfach nicht fair. Andere Menschen schienen so leicht durchs Leben zu kommen, so tadellos. Amy konnte nur dahinstolpern und das Durcheinander wie eine Schleppe hinter sich herziehen.

Es läutete an der Wohnungstür. Amy fuhr zusammen. Mein Gott, er war schon da! Sie eilte in die kleine Diele und merkte, daß sie nach wie vor das Schürzenkleid trug, das sie angezogen hatte, als sie mit der Hausarbeit begann.

»Wer ist da?« fragte sie durch die Tür.

»Ich bin's, Jake.«

Amy schaute flüchtig auf ihr schmuddeliges Kleid, schnitt eine Grimasse und öffnete die Tür.

Jake trat ein. »Hi, Amy«, sagte er.

»Hi, Jake«, echote sie, schloß die Tür und zottelte lethargisch hinter ihm her.

»Wie geht es dir? Gut, hoffe ich.«

»Ja, ganz gut. Und dir?«

»Viel zu tun im Geschäft.«

»Oh.«

Jake blickte sich um und setzte sich dann in einen Sessel.

Der Widerwille in seiner Miene war nicht zu übersehen. Amy verkrampfte sich innerlich. Er war immer eigen gewesen, was die Wohnung und sein Äußeres betraf. Amy schaute ihn unauffällig an. Er sah wie gewohnt makellos aus, trug einen beigen Rollkragenpullover und eine dunkelblaue Jeans mit marineblauem Blazer. Seine Stiefel glänzten, seine Haare schimmerten, seine Zähne waren strahlend sauber, seine Wangen frisch rasiert. Er wirkte so funkelnagelneu wie eine eben geprägte Münze.

Sich mehr denn je bewußt, daß sie furchtbar aussah, ließ sich Amy einfach in dem Sessel Jake gegenüber nieder und lächelte ihn an.

Jake räusperte sich. »Du hast gesagt, du müßtest mit mir sprechen. Du warst sehr hartnäckig. Worüber möchtest du denn sprechen, Amy?«

»Über die Scheidung.«

»Darüber haben wir schon so oft geredet, daß das Thema nichts Neues mehr hergibt«, antwortete Jake in ruhigem Ton.

»Ich wollte mich nur vergewissern, daß du dir sicher bist, Jake.«

»Das bin ich, Amy. Tut mir leid, aber es führt kein Weg zurück.«

Wieder stieg Amy das Wasser in die hellblauen Augen. Sie blinzelte, damit die Tränen verschwanden, und strich die Haare aus ihrem Gesicht. Sie versuchte, ihre Gefühle in den Griff zu bekommen, und holte einige Male tief Luft. »Ich war beim Anwalt. Das freut dich bestimmt.«

»Wann warst du bei ihm?« fragte Jake.

»Gestern.«

»Aha. Doch, ich bin froh, daß du dich dazu entschlossen hast. Wir sollten das hinter uns bringen, damit wir alles regeln können, Amy.«

»Er hat mich gefragt, ob wir versucht hätten, unsere Probleme zu lösen. Ich habe ihm gesagt, wir hätten es versucht, aber es hätte nichts geholfen. Bist du dir hundertprozentig sicher, Jake? Vielleicht sollten wir es doch noch einmal probieren.«

»Ich kann nicht, Amy. Ehrlich nicht, mein Schatz. Es ist zu Ende.«

Tränen rollten über Amys Wangen.

»O Amy, bitte nicht weinen.«

»Ich liebe dich, Jake. Immer noch.«

Er antwortete nicht darauf.

»All die Jahre«, sagte Amy und starrte Jake unverwandt an. »Wir kennen uns doch schon, seit wir zwölf sind. Das ist eine lange, lange Zeit.«

»Ich weiß. Und vielleicht liegt genau da das Problem. Vielleicht kennen wir uns zu gut. Wir sind wie Bruder und Schwester. Hör zu, Amy. Du mußt dich damit abfinden, daß es aus ist mit unserer Ehe, schon seit Monaten und Jahren.« Jake räusperte sich und sagte freundlich: »Du hast es nur nicht zur Kenntnis genommen.«

»Ich weiß nicht, was ich ohne dich anfangen soll«, schluchzte Amy.

»Du wirst gut zurechtkommen. Das weiß ich.«

»Ich glaube es nicht, Jake. Würdest du mir bitte ein Glas Wasser holen? Und möchtest du ein Bier?«

»Nein, danke. Ich hole dir nur Wasser.« Jake ging durchs Wohnzimmer in die Küche, und ob er wollte oder nicht – ihm fiel auf, wie dreckig die Wohnung war. Er bückte sich, hob noch einige Scherben des zerbrochenen Bechers auf und legte sie auf den Küchentresen. Sein Blick fiel auf die Spülmaschine, randvoll mit schmutzigem Geschirr, und auf das Spülbecken, in dem sich Teller, Schüsseln und Tassen zusätzlich stapelten. Angewidert verzog er das Gesicht. Als er im Küchenschrank ein relativ sauberes Glas gefunden hatte, wusch er es aus, füllte es mit kaltem Wasser und brachte es Amy.

Sie bedankte sich, trank ein paar Schlucke und starrte Jake über den Rand des Glases hinweg an. Sie versuchte, sich auf etwas zu besinnen, das sie ihm mitteilen konnte, aber ihr fehlten die Worte, und in ihrem Kopf herrschte gähnende Leere. Eigentlich wollte sie nur, daß Jake zu ihr zurückkehrte. Dann fühlte sie sich vielleicht nicht mehr so einsam.

Jake sagte: »Ich muß jetzt gehen, Amy. Ich habe heute abend noch zu arbeiten.«

»Du bist nicht so angezogen, als würdest du zur Arbeit gehen«, warf Amy spitz ein. Sie sah Jake plötzlich verbittert und voller Eifersucht an.

»Papierkram, Amy. Ich habe ganze Wagenladungen davon zu erledigen.«

»Soll ich mitkommen und dir helfen?«

»Nein, nein«, antwortete Jake entsetzt und stand auf. »Aber vielen Dank für das Angebot.« Er machte sich auf den Weg zur Diele.

Amy stellte das Glas ab und stand ebenfalls auf. Sie folgte Jake zur Wohnungstür. »Der Anwalt sagt, ich hätte einen gesetzlichen Anspruch auf Unterhalt«, verkündete sie.

»Das ist kein Problem, Amy. Ich habe immer gesagt, daß ich mich um dich kümmern werde.«

»Dann bleib bei mir.«

»Das kann ich nicht. Ich habe gemeint, daß ich mich finanziell um dich kümmern werde. Sag deinem Anwalt, er soll mit meinem Anwalt reden. Laß mir die Unterlagen zukommen, Amy. Wir wollen das endlich hinter uns bringen.«

Amy schwieg.

»Bye«, sagte Jake. »Ich melde mich demnächst bei dir.«

Als Amy immer noch keine Antwort gab, schloß Jake die Tür und ging. Arme Amy.

6

Am Freitag morgen brach Jake nach Kent auf – zu Maggie Sorrell.

Er wußte, wo sie wohnte. Vor einer Woche war er mit Samantha Matthews zu einem weiteren Gespräch über Bühnenbild und Beleuchtung von *Hexenjagd* dorthin gefahren. Das Haus war nicht allzuweit von seinem eigenen entfernt, lag auf der anderen Seite der Stadt an der Route 7.

Als Jake von seinem Grundstück auf die Route 341 bog und in Richtung Zentrum rollte, dachte er, wie herrlich dieser Morgen war – genau das, was man sich von einem Apriltag erträumte. Klar und trocken, Sonnenschein und der Himmel strahlend blau mit bauschigen, weißen Wolken. An solchen Tagen freute sich Jake, daß er lebte. Er kurbelte das Fenster des Transporters herunter und atmete die reine frische Luft in tiefen Zügen. Jakes Stimmung hatte sich endlich gebessert. Nach der Begegnung mit Amy am Dienstag abend war er fast zwei Tage lang deprimiert gewesen. Sie schaffte es immer wieder, ihn herunterzuziehen, ihm mit ihrer negativen Art und ihrer totalen Ziellosigkeit alle Energie zu nehmen.

Manchmal fragte sich Jake, wie es Amy gelang, ihren Job in dem Laden zu behalten, in dem sie seit vielen Jahren arbeitete; das stellte ihn vor Rätsel. Es handelte sich um ein Spezialgeschäft fürs Bad, das alles verkaufte – vom Handtuch bis zu Toilettenartikeln. Offenbar mochte der Besitzer Amy so gerne, daß er sie nicht entließ, trotz der Fehler, die sie ständig machte.

Jake schaute aus dem Fenster des Transporters und stellte fest, daß das Licht heute kristallklar war. Vollkommen. Er hätte am Wochenende gern zu Pinsel und Farbe gegriffen, aber er wußte, daß das zeitlich nicht möglich war. Er mußte mit seinem Papierkram fertig werden, und wenn er Glück hatte und Maggie ihm den Auftrag gab, mußte er zusammenstellen, was auf der Farm an Elektroinstallationen nötig war.

Jake hatte eine halbe Stunde für den Weg zu Maggies Haus eingeplant; doch da kaum Verkehr herrschte, traf er eine Viertelstunde früher ein. Er parkte den Wagen auf dem Hof und ging auf die Küchentür zu. Ihm fiel auf, wie tadellos gepflegt dieses Gebäude im traditionellen Kolonialstil von Connecticut wirkte. Die Holzschindelwände waren weiß gestrichen und die Fensterläden dunkelgrün.

Ehe Jake bei der Tür war, öffnete ihm Maggie. Sie stand auf der Schwelle und lächelte ihn an.

Als er sie sah, hatte Jake ein Engegefühl in der Brust, und er spürte, wie ihm an Hals und Nacken plötzlich heiß wurde. Um seine Nervosität, seine Verwirrung zu überspielen, hüstelte er ein paarmal. Dann murmelte er: »Guten Morgen. Ich bin leider ein bißchen zu früh dran.«

Maggie streckte Jake die Hand entgegen, und er drückte sie. »Guten Morgen, Jake. Es ist kein Problem, daß Sie zu früh dran sind. Ich bin schon eine Weile auf. Kommen Sie herein. Trinken wir noch eine Tasse Kaffee, bevor wir fahren.« Maggie lächelte Jake wieder an und entzog ihm ihre Hand.

Er wollte sie eigentlich nicht loslassen, aber es blieb ihm nichts anderes übrig. »Danke. Kaffee wäre jetzt wirklich etwas Feines.« Jake folgte Maggie in die blitzblanke Küche, stand da, schaute um sich und war ein wenig verlegen.

Maggie sagte: »Setzen Sie sich an den Küchentisch da

drüben, Jake. Wenn ich mich recht erinnere, trinken Sie den Kaffee schwarz, mit einem Löffel Zucker?« Maggie zog eine dunkle Braue fragend empor.

»Stimmt genau, danke«, antwortete Jake und ließ sich an dem alten Kieferntisch am anderen Ende der Küche nieder, wobei er bemerkte, daß für ein Frühstück zu zweit gedeckt war.

Maggie ging an ihm vorbei, und er nahm einen schwachen Shampoogeruch aus ihren dichten, üppigen Haaren wahr, den Duft von Parfüm auf ihrer Haut, etwas Leichtes, Blumiges; er hörte, wie sich ihr Wildlederrock leise an ihren Wildlederstiefeln rieb, hörte das schwache Klimpern der goldenen Reife, die sie ständig an ihrem schlanken Handgelenk zu tragen schien.

Maggie bewegte sich rasch, aber mit einer Anmut, die Jake schon vorher aufgefallen war. Sie war groß und schlank, lebhaft und energiegeladen; er konnte seinen Blick nicht von ihr wenden. Aber als er schließlich merkte, daß er sie buchstäblich mit den Augen verschlang, zwang er sich, wegzuschauen.

Nun sah sich Jake in der Küche um. Erneut war er – wie schon letzte Woche – hingerissen vom besonderen Charme dieses Raumes. Die Küche war ein Schmuckstück, wirkte aber in keiner Weise übertrieben. Alles zeugte von erlesenem Geschmack, die weißen Wände und Schränkchen, der Terrakottafliesenboden ebenso wie blaue Farbtupfer da und dort und der Glanz von Kupfer.

Köstliche Düfte lagen plötzlich in der Luft ... frischgebackenes Brot, Bratäpfel mit Zimt und das Aroma von Kaffee. Jake atmete tief ein.

Maggie, die sich in diesem Moment umgedreht hatte, sagte: »Ich habe das Brot schon vorhin gebacken, es ist aber noch warm. Möchten Sie ein Stück? Man soll sich zwar nicht selbst loben, aber es ist köstlich.«

»Ja, ich möchte gern ein Stück Brot, vielen Dank. Kann ich irgendwie helfen?« Jake machte Anstalten, sich zu erheben.

»Nein, nein, das schaffe ich schon. Der Kaffee kommt bereits, und gleich bringe ich Brot und Honig.« Während Maggie sprach, lief sie leichtfüßig mit zwei Bechern Kaffee zum Küchentisch, und zwei Sekunden später mit einem Tablett, auf dem das selbstgebackene Brot und eine Honigwabe lagen. Daneben stand eine Schüssel voller Bratäpfel. Maggie verteilte alles in der Mitte des Tischs und setzte sich Jake gegenüber.

»Ich habe eine Schwäche für Bratäpfel«, gestand sie. »Versuchen Sie einen. Die schmecken wunderbar mit warmem Brot und Honig.«

»Gerne«, sagte Jake, um Worte immer noch verlegen. Aber dann dachte er wenigstens daran, sich zu bedanken.

Maggie trank ihren Kaffee mit kleinen Schlucken und betrachtete Jake verstohlen. Er hatte sich einen Bratapfel genommen und aß ihn mit großem Appetit. Dann griff er nach einem Stück warmem Brot, bestrich es mit Butter und Honig und biß hinein.

Nach kurzem, genußvollen Schweigen sagte er: »Seit meiner Kindheit habe ich kein selbstgebackenes Brot mehr gegessen. Es schmeckt wie Manna vom Himmel.«

»Ich weiß, was Sie meinen«, antwortete Maggie lachend. Es freute sie, daß ihm das Frühstück Spaß machte. Sie hatte es eigens für Jake vorbereitet. Neulich war ihr eingefallen, daß er wohl nicht allzuoft etwas Gutes aß. Sie wußte von Samantha, er war Single und lebte allein in einem bezaubernden weißen Holzschindelhaus an der Route 341.

Maggie fragte sich, ob er eine Freundin hatte. Bestimmt. Bei seinem Aussehen und seiner netten Art war zu erwarten, daß die Frauen ihm nur so nachliefen. Maggie spürte einen kleinen Stich. Was war es? Sie wußte es nicht genau. Neid? Eifersucht? Oder ein wenig von beidem? Natürlich würde sich Jake niemals für sie interessieren, warum also sollte Maggie von ihm träumen? Doch genau das tat sie seit ihrer ersten Begegnung. Sie mußte ständig an ihn denken. Neulich hatte sie sich sogar vorgestellt, mit ihm zu schlafen, und nun, da sie sich an diese Phantasien erinnerte, stieg ihr eine leichte Röte ins Gesicht.

Maggie stand rasch auf und eilte zum Tresen, überzeugt davon, daß sie sich purpurn verfärbt hatte. Sie war sich Jakes Gegenwart in ihrer Küche sehr bewußt. Er schien sie mit seiner Männlichkeit und Kraft ganz auszufüllen. Und mit seiner Sexualität. So hatte Maggie schon seit vielen Jahren nicht mehr empfunden.

Sie goß sich noch eine Tasse Kaffee ein und ermahnte sich: Jake Cantrell muß mir aus dem Sinn gehen. Sofort. Schließlich ist er erheblich jünger als ich und auf vielfache Weise unerreichbar.

Jakes Blick war auf Maggie Sorrell geheftet. Sie hatte sich von ihm weggedreht, daß er sie im Halbprofil sah, und er war wieder von ihrer ungewöhnlichen Schönheit beeindruckt. Es lag große Kraft dahinter, und doch war sie die weiblichste Frau, die er je kennengelernt hatte – und sie war verletzlich. Jake wollte sie beschützen, umsorgen. Sie lieben. Er tat es bereits. Er war ihr schon seit dem Abend, da sie einander zum ersten Mal begegneten, verfallen.

Und er wollte mit ihr schlafen. Er hatte es in der Phantasie schon so oft getan, daß er allmählich glaubte, es sei wirklich geschehen. Aber das stimmte natürlich nicht; er wünschte es sich nur glühend. Jake wollte hier und jetzt mit Maggie schlafen, empfand den fast unbezähmbaren Drang, aufzustehen, sie in seine Arme zu nehmen und sie leidenschaftlich zu küssen. Er wollte ihr ganz offen sagen, was er für sie empfand, doch er wagte es nicht. Es kostete ihn alle Selbstbeherrschung, die er aufbieten konnte, ruhig sitzen zu bleiben. Jake langte nach seiner Kaffeetasse und entdeckte zu seiner Beunruhigung, daß seine Hand leicht zitterte. Wann immer er in Maggies Nähe war, hatte sie die ungewöhnlichste Wirkung auf ihn. Ich will sie in jeder Hinsicht, dachte er, aber ich weiß, daß ich sie nicht bekomme. O Gott, was soll ich nur tun? Wie mich ihr gegenüber verhalten?

Maggie drehte sich um.

Das hatte Jake nicht erwartet. Er schaute sie mit großen, hungrigen Augen an.

Leise fragte sie: »Alles in Ordnung mit Ihnen, Jake?«

»Ja. Warum?« Er schluckte.

»Sie sehen ein bißchen blaß aus. Ein bißchen komisch.«

»Mit mir ist alles okay. Danke.«

»Möchten Sie noch eine Tasse Kaffee?«

Jake schüttelte den Kopf. »Nein, danke. Ich trinke den Becher hier aus, und dann sollten wir uns vielleicht auf den Weg machen«, antwortete er und wunderte sich, daß seine Stimme so normal klang.

»Ich hole nur noch schnell meine Sachen«, sagte Maggie. »Es dauert nicht lang. Sie entschuldigen mich.«

Allein gelassen lehnte sich Jake in seinem Sessel zurück und atmete tief durch. Er fragte sich, wie er es schaffen sollte, dauerhaft mit Maggie zusammenzuarbeiten, und empfand plötzlich Panik. Für den Bruchteil einer Sekunde spielte er mit dem Gedanken, den Auftrag abzulehnen. Doch er verwarf diese Idee gleich wieder. Er brauchte noch einen Job, wenn sein Geschäft Gewinn abwerfen sollte. Nicht nur das. Er mußte täglich mit Maggie zusammenkommen, mußte in ihrer Nähe sein, auch wenn es sich letzten Endes als quälend erwies.

Jake Cantrell wußte im Grunde seines Herzens, daß die wilden Phantasien über Maggie Sorrell nie Wirklichkeit werden würden. Er und sie kamen aus völlig verschiedenen Welten. Maggie Sorrell hatte seit dem Tag, da sie einander zum ersten Mal begegnet waren, nicht das leiseste Interesse an Jake gezeigt – abgesehen davon, daß sie ihm die Chance bot, einen Kostenvoranschlag für die Elektroinstallation der Farm zu machen, deren Innenausstattung sie übernommen hatte. Ihm war klar, daß nur seine Arbeit und sein Wissen über Beleuchtungseffekte Maggie beeindruckten. Das würde genügen müssen.

Jake fuhr mit Maggie in seinem Transporter zur Farm; als sie das Zentrum von Kent verlassen hatten, folgte er ihren Anweisungen.

Da er so fasziniert von ihr war, so hingerissen, da er das Bedürfnis hatte, daß sie nur Gutes von ihm dachte, widerstrebte es ihm, auch nur ein Wort zu äußern. Er hatte einfach Angst, etwas Falsches zu sagen. Und so fuhr er in totalem Schweigen ihrem gemeinsamen Ziel entgegen.

Maggie wiederum glaubte, Jake sei von Natur aus scheu, ein bißchen verschlossen. Vor einigen Tagen war sie zu dem Schluß gekommen, daß er ein Mann mit großem Kummer sei, ein tiefverletzter Mann. Sie fand, er müsse freundlich behandelt werden.

Wegen ihrer eigenen leidvollen Erfahrungen fühlte Maggie mit ihm und hatte den Eindruck, daß sie ihn verstand, obwohl sie ihn nicht richtig kannte. Nach zwei Jahren des Kampfes mit ihrer eigenen Verzweiflung hatte sie schließlich ihr Selbstvertrauen zurückgewonnen, aber sie wußte nur zu gut, wie lange die Heilung seelischer Wunden dauern konnte. Als ihre Ehe in die Brüche gegangen war, hatte sie einige Zeit überhaupt nichts mehr empfunden.

Deshalb begann Maggie, mit Jake zu reden, sprach über das Schauspiel, an dem sie zusammen arbeiteten, von ihren Plänen für Bühnenbild und Beleuchtung. Es gelang ihr, ihn ein bißchen aus der Reserve zu locken. Mit großer Begeisterung und Beredsamkeit sprach er über die Beleuchtungstechniken, die er in dem Theaterstück einsetzen wollte.

Maggie hörte aufmerksam zu und machte gelegentlich eine Bemerkung. Doch hauptsächlich ließ sie ihn reden; sie erkannte, daß er selbstsicherer wurde, wenn er ihr seine Ideen und Gedanken darlegte.

Bald rollten sie durch ein weißes Tor und fuhren den Privatweg von Havers Hill entlang, jener Farm, die Maggie umbauen, renovieren und ausstatten sollte.

Jake parkte in der Nähe einer großen, roten Scheune und ging dann um den Transporter herum, um Maggie herauszuhelfen. Er reichte ihr beide Hände, und sie nahm sie. Als Maggie dann auf den Boden sprang, verlor sie das Gleichgewicht und stolperte gegen Jake. Er fing sie auf, hielt sie einen Moment in seinen Armen, und sie klammerte sich an ihm fest. Rasch lösten sich die beiden voneinander und starrten sich verlegen an.

Maggie wandte sich als erste ab, zog ihre Jacke gerade, um ihre plötzliche Verwirrung zu verbergen, und holte ihre Aktenmappe und ihre Handtasche aus dem Transporter.

Als sie sich ein paar Schritte entfernt hatte, schloß Jake, um Fassung bemüht, die Tür seines Wagens und drehte sich um. Was er erblickte, war ein Traum. Das Anwesen war das schönste, was er jemals gesehen hatte.

Ein gepflegter grüner Rasen säumte den Weg, erstreckte sich weiter in sanften Hügeln, so weit das Auge reichte. Dahinter lagen Wiesen, und in der Ferne friedeten Berge das Grundstück ein. Auf der anderen Seite begrenzte eine alte Feldsteinmauer ein kleineres Rasengelände. Im Schatten eines knorrigen Ahorns stand ein Haus mit herrlichem Ausblick, und die Mauer selbst bildete den passenden Hintergrund für einige Rabatten von mehrjährigen Pflanzen nach englischer Art.

Jake beschattete seine Augen mit der Rechten. »Ist das schön hier!« rief er. »So etwas hätte ich eines Tages gern selbst.«

Maggie lächelte ihm zu. »Dann bin ich sicher, daß es Ihnen gelingt«, antwortete sie. »Wenn Sie etwas intensiv genug wollen, können Sie es auch kriegen – natürlich nur, wenn Sie hart dafür arbeiten.«

Maggie deutete auf einen Gebäudekomplex in unmittelbarer Nähe und fuhr fort: »Dies ist das Cottage des Hausmeisters, und das größere Bauwerk rechts ist das eigentliche Farmhaus. Kommen Sie, Jake. Ich möchte Ihnen alles zeigen.«

Maggie ging rasch auf das Haus zu. Dabei sprach sie weiter. »Ich habe Mrs. Briggs, der Hausmeisterin, gesagt, daß wir vorbeischauen, also ist die Tür offen.« Maggie blickte sich nach Jake um.

Er holte sie ein, und sie traten zusammen ins Haus. Ihre Schultern streiften sich in dem schmalen Eingang.

Obwohl Licht brannte, war es finster im Flur. Jake blinzelte und versuchte, sich auf die Dunkelheit im Inneren des Hauses einzustellen.

»Es ist sehr alt«, sagte er zu Maggie, während er sich in den Räumen umsah, die man von der Eingangshalle her erreichte.

»Ja«, bestätigte Maggie. »Zwischen 1740 und 1750 erbaut. Es war im Stil der Zeit möbliert – sehr authentisch. Trotzdem ist der größte Teil der Inneneinrichtung verkauft worden. Meine Kundin wollte nur ein paar ausgesuchte Stücke behalten.«

»Denken Sie nur, Maggie, das Haus wurde lange vor dem amerikanischen Sezessionskrieg gebaut. Mein Gott, was uns diese Wände erzählen würden, wenn sie reden könnten!«

Maggie lachte. »Ich weiß, was Sie fühlen. Das habe ich selbst auch oft so empfunden. Allerdings bei anderen Häusern, besonders in England und Frankreich.«

Jake wandte sich Maggie zu. »Wem hat die Farm gehört?« fragte er.

»Einer Mrs. Stead. Die Farm war mehrere hundert Jahre in Familienbesitz. Die letzte Mrs. Stead ist vor zwei Jahren gestorben. Sie war sehr alt. Fünfundneunzig. Ihre englische Enkelin hat das Anwesen geerbt, aber da sie verheiratet ist, Kinder hat und in London wohnt, findet ihr Leben natürlich jenseits des Atlantiks statt. Also hat sie das Ganze samt Inventar auf dem Immobilienmarkt angeboten. Sie dachte, daß sie Havers Hill sofort verkaufen würde, weil es so idyllisch ist. Aber der Preis ging in die Millionen, und die achtziger Jahre sind vorbei. Infolgedessen fand sie keine Interessenten. Schließlich mußte sie mit dem Preis heruntergehen.«

Jake sagte: »Etliche Leute, die hier ihre Wochenendhäuser verkaufen wollen, merken allmählich, daß die Preise der Achtziger nicht mehr drin sind. Und wer hat das Haus dann doch gekauft? Wer ist Ihre Kundin?«

»Anne Lowden. Verheiratet mit Philip Lowden. Die beiden haben eine Werbeagentur in der Madison Avenue. Die Woche über wohnen sie in Manhattan, und sie wollten eine Zuflucht auf dem Land. Anne hat sich in dieses Anwesen verliebt, besonders in das Grundstück. Ich bin durch eine Kundin aus New Preston an sie geraten. Anne sagte, mein Stil – eher Understatement als Übertreibung – gefiele ihr. ›Ich will keinen Neureichen-Schnickschnack‹, erklärte sie gleich bei unserer ersten Begegnung. Sie hat nicht einmal mit anderen Innenarchitektinnen geredet, sondern mich vom Fleck weg für alles engagiert. Anne möchte, daß ich sowohl das Farmhaus als auch das Gästecottage modernisiere.«

»Das Farmhaus kann es brauchen«, meinte Jake. Er drehte sich um und betrachtete Maggie. »Okay, wo fangen wir an?«

»Gehen wir zunächst in die Küche. Dort können wir unsere Sachen ablegen – es ist ohnehin der einzige halbwegs eingerichtete Raum.«

Maggie führte Jake über einen kurzen Flur in die Küche. Sie war mittelgroß, hatte zwei Speisekammern, ein paar kleine Fenster und eine Balkendecke. Der Blick ging auf Gemüsebeete, einen alten steinernen Brunnen und einen Garten mit Setzlingen.

»Ein recht gutgeschnittener Raum«, urteilte Jake, als er sich die Küche angesehen hatte. »Aber es ist zu dunkel hier, es kommt nicht viel Tageslicht herein. Man muß das mit künstlicher Beleuchtung ergänzen.«

»Ich weiß«, stimmte Maggie zu. »Das ist ein Problem bei dem ganzen Haus, Jake. Es ist so ... so düster. Ich persönlich finde es ziemlich deprimierend. Ich habe es gern luftig und geräumig, mit hellen Farben. Mein Ziel ist, diese Düsternis zu vertreiben, ohne daß zu viele neue Fenster eingebaut werden müssen. Ich möchte das Authentische des Hauses nicht zerstören. Schließlich ist das einer der Gründe dafür, daß meine Kunden es gekauft haben. Wegen seines ländlichen Charmes und weil es alt ist.«

»Ich verstehe.« Jake ließ den Blick erneut durch die Küche schweifen. Er schaute zur Decke, ging ein paarmal durch den Raum. Ein nachdenklicher Ausdruck trat in sein Gesicht.

Maggie legte ihre Aktenmappe und ihre Handtasche

auf den Küchentisch, holte ein Notizbuch heraus und schrieb sich etwas auf.

Kurz darauf sagte Jake: »Ich glaube nicht, daß uns dieser Raum vor allzu viele Probleme stellt. Für die Decke könnten wir mehrere große Beleuchtungskörper nehmen, alte Laternen zum Beispiel, dazu Wandleuchter. Das gäbe ein gutes künstliches Licht. Und vielleicht machen Sie sich Gedanken über eine neue Küchentür – eine mit Glasscheibe in der oberen Hälfte.«

»Ja, das habe ich mir bereits überlegt. Sie würde zusätzlich Tageslicht hereinlassen.«

»Wie steht es mit Punktstrahlern? Hätten Sie oder Ihre Kunden etwas gegen ein paar Punktstrahler an der Decke?«

»Nein, die sind ja ziemlich unauffällig. Aber können Sie das einrichten?«

»Ich glaube doch. Natürlich muß ich zuvor ein kleines Loch in die Decke bohren und sehen, was dahinter zum Vorschein kommt. Aber echte Probleme dürfte es eigentlich nicht geben. Das heißt, wenn ich den Auftrag kriege.«

Maggie blickte Jake ein wenig stirnrunzelnd an. »Sie *wissen* doch, daß Sie den Auftrag kriegen.«

»Oh, vielleicht gefällt Ihnen mein Kostenvoranschlag nicht. Vielleicht sprengt er Ihr Budget.«

»Wir werden es so einrichten, daß er es nicht sprengt, ja, Jake?«

Er schaute Maggie an und schwieg eine Weile. Dann fragte er: »Haben Sie schon einen Bauunternehmer?«

»Wahrscheinlich nehme ich Ralph Sloane. Er hat bereits einen kleineren Auftrag für mich erledigt, und in den letzten Tagen habe ich mir ein paar seiner großen Baustellen angeschaut. Es gefällt mir, wie er die Dinge anpackt. Ich mag seine ganze Art. Kennen Sie ihn?«

»Ja, ich habe schon mit ihm zusammengearbeitet. Ein guter Mann. Werden Sie auch einen Architekten beschäftigen? Oder planen Sie keine durchgreifenden Veränderungen?«

»Durchgreifende Veränderungen plane ich nicht, aber ich habe mich neulich mit Mark Payne getroffen ...«

Jake fiel Maggie ins Wort. »Das ist der Beste!« rief er begeistert.

»Finde ich auch. Ich habe inzwischen einige seiner Häuser gesehen. Er scheint ein Experte für den Kolonialstil zu sein. Der Job dürfte ihm gefallen, und seine Ideen beeindrucken mich.« Eine kleine Pause trat ein. Dann schloß Maggie: »Ich meine, daß ich da ein gutes Team zusammenstelle. Und Sie?«

Jake betrachtete Maggie, nickte mit der Andeutung eines Lächelns und machte Anstalten, die Küche zu verlassen. »Gehen wir noch durch den Rest des Hauses?«

»Ja. Schauen wir uns erst die Räume im Erdgeschoß an.«

Drei Stunden später traten Maggie und Jake aus dem Farmhaus und kniffen die Augen zusammen, so grell schien ihnen das Sonnenlicht. Langsam gingen sie zum Transporter zurück.

Jake lehnte sich gegen die Motorhaube und sagte: »Das ist ein echter Großauftrag, Maggie, wesentlich umfangreicher, als ich dachte. Hier müssen überall neue Leitungen verlegt werden. An dem Haus ist tatsächlich seit Jahren nichts mehr getan worden. Und es gibt auch sonst noch eine Menge instand zu setzen. Ganz zu schweigen von der Beleuchtung für das Grundstück.«

»Ich weiß.« Maggie warf Jake einen besorgten Blick zu. »Das soll aber nicht heißen, daß Sie die Sache nicht in Angriff nehmen wollen, oder?«

»Nein. Ich möchte den Job machen. Und ich brauche ihn. Wie Sie wissen, baue ich mir gerade eine neue Existenz auf. Ich liebe Herausforderungen. Und ich möchte mit Ihnen zusammenarbeiten, Maggie.« Jake hielt inne, starrte ihr ins Gesicht. Dann traf er übergangslos eine Entscheidung und sagte mit fester Stimme: »Fahren wir. Ich lade Sie zum Essen ein. Ich weiß, wo man saftige Hamburger oder einen knackigen Salat bekommt – ganz wonach Ihnen der Sinn ist.«

»Gute Idee«, antwortete Maggie. »Ich sterbe fast vor Hunger.«

7

Als Jake an Maggies Küchentür klopfte und niemand reagierte, öffnete er und trat ins Haus.

Maggie war nirgends zu sehen, und so wanderte Jake durch die Küche auf den kleinen rückwärtigen Flur und steuerte auf ihr Büro zu. Dann hielt er inne und lauschte.

In den paar Wochen, die er Maggie Sorrell kannte, hatte er sie noch nie aufgebracht erlebt. Er hatte auch kein einziges Mal gehört, daß sie ihre Stimme erhob. Aber das tat sie jetzt – anscheinend telefonierte sie in ihrem Büro.

»Das hat er mit Absicht getan!« rief sie. »Du kannst sagen, was du willst – es wird mich nicht vom Gegenteil überzeugen. Und er hat es getan, um mich zu verletzen. Er möchte einfach nicht, daß ich mit dir feiere.« Dann herrschte plötzlich Schweigen.

Jake vermutete, daß Maggie ihrem Gesprächspartner am anderen Ende der Leitung lauschte. Er wollte höflich sein, wollte sicherstellen, daß sie wußte, er war da, und so lief er über den Flur, klopfte an die offene Tür, steckte den Kopf ins Büro und hob die Hand zum Gruß. Maggie starrte Jake so verdutzt an, daß er sofort erkannte, andere Dinge hielten sie in Atem. Dann nahm sie Notiz von ihm und nickte rasch.

Jake lächelte flüchtig und verschwand. Er drehte sich um und ging in das kleine Wohnzimmer gegenüber. Nachdem er den Umschlag, den er bei sich trug, auf den Couchtisch gelegt hatte, trat er ans Fenster und schaute in den Garten, einen Moment in Gedanken an Maggie verloren.

Für ihn stand fest, daß sie nicht nur verärgert, sondern auch betroffen war, und das störte ihn. Er nahm inzwischen ihr gegenüber eine sehr beschützende und besorgte Haltung ein.

Jake warf einen Blick auf seine Uhr. Sie hatten verabredet, daß er heute um 18 Uhr zu ihr kommen sollte, und er war mal wieder viel zu früh. Er wußte, daß er immer reichlich vor der Zeit kam, wenn sie einen Termin hatten. Aber er konnte es nicht ändern. Er wollte ständig mit Maggie zusammensein; es störte ihn maßlos, wenn sie ihre Arbeit beendeten und er zwangsläufig gehen mußte.

Sie kannten sich erst fünf Wochen, doch es erschien Jake sehr viel länger. Er hatte entdeckt, daß sie wunderbar zueinander paßten, die gleichen Dinge mochten. Maggie liebte die Musik genauso wie er und war beeindruckt von seinem Wissen auf diesem Gebiet. Er redete gern mit ihr, weil sie so gut informiert war; sie sah gern Nachrichten und war wie er ein Fan von CNN, dem großen Nachrichtensender.

Natürlich gab es auch noch andere Eigenschaften, die Jake an Maggie mochte. Sie hatte Humor, lachte viel und war eine wirklich weibliche Frau. Trotz ihres Könnens und ihrer Talente, ihrer Kraft und ihrer Unabhängigkeit war sie nicht hart. Im Gegenteil. Jake hatte immer das Bedürfnis, sich um sie zu kümmern.

Seit dem ersten Besuch im Farmhaus vor zwei Wochen begegnete er Maggie lockerer. Gleichzeitig hatte er mehr Selbstvertrauen gewonnen. Er betrachtete sich als Herrn der Lage seit jenem Freitag mittag, an dem er Maggie in Kent zu einem Hamburger eingeladen hatte.

In letzter Zeit schien sie sich Jakes Wünschen anzupassen, und sie holte oft seinen Rat ein, was die Arbeit am Farmhaus betraf. Vor kurzem war ihm aufgefallen, daß sie sich auf ihn verließ, und das freute ihn. Sie waren gute Freunde geworden. Doch Jake wünschte sich nach wie vor, es könnte mehr sein.

Heute abend traf er sich mit Maggie, um den detaillierten Kostenvoranschlag für die Elektroinstallation im Farmhaus zu besprechen. Vor einer Woche hatte er ihr eine grobe Schätzung genannt. Danach verbrachte er endlos lange Stunden mit Nachdenken über die Farm, eingehend beschäftigte er sich mit jedem Aspekt, der das Anwesen betraf. Nun wollte er Maggies Einverständnis zu seinen Ideen erhalten.

Von der Tür aus sagte sie: »Hallo, Jake.«

Er zuckte herum und blickte zu Maggie hinüber. Sie war sehr blaß. Als sie zögernd in der Tür stehenblieb, eilte Jake zu ihr.

»Alles in Ordnung mit Ihnen?« fragte er leise, verharrte vor ihr, zog die dunklen Augenbrauen zusammen.

»In einer Minute bin ich wieder okay«, antwortete Maggie. »Ich habe mich leider ziemlich aufgeregt ...« Sie unterbrach sich, biß auf ihre Unterlippe.

»Kann ich Ihnen irgendwie helfen?«

»Nein, aber trotzdem vielen Dank.« Maggies Stimme bebte, und sie verstummte erneut. Plötzlich stiegen ihr Tränen in die blauen Augen, und sie schaute Jake unglücklich an.

»Maggie, was ist?« Er ertrug es nicht, den Schmerz in ihrem Gesicht zu sehen. Besorgt trat er einen Schritt näher.

Und gleichzeitig kam sie ihm entgegen.

Er streckte die Hände nach ihr aus, zog sie an sich, schloß sie in seine Arme.

»Maggie! Maggie, was ist? Bitte sagen Sie mir, was Sie so bedrückt.«

»Ich möchte nicht darüber reden ... in ein paar Minuten geht es mir wieder gut ... wirklich ...«

Aber da weinte sie schon an Jakes Schulter, hielt sich verzweifelt an ihm fest.

Er strich ihr über das Haar, küßte ihren Scheitel, murmelte sanft: »Ich bin da, ich kümmere mich um Sie. Bitte weinen Sie nicht. Ich bin für Sie da.«

Maggie rückte plötzlich etwas von Jake ab und hob ihr Gesicht, um ihn anzusehen. Sie schauten einander tief in die Augen. Er spürte, wie sie zitterte, und schloß sie fester in seine Arme.

Maggie öffnete ihre Lippen ein wenig, fast erwartungsvoll, und ehe Jake nachdenken konnte, hatte er den Kopf gesenkt und küßte sie auf den Mund.

Sie erwiderte den Kuß, schmiegte ihren Körper an seinen. Weil sie groß war, fast so groß wie er, spürte er die Weichheit ihres Körpers mit all seinen Sinnen.

Wir passen perfekt zusammen, dachte Jake, und sein Herz raste.

Schwer atmend hielten sie nach einer Weile inne, lösten sich voneinander und starrten sich gegenseitig an. Leidenschaftlich, fragend.

Jake sagte leise: »Das wollte ich schon lange tun.«

»Und ich wollte, *daß* du es tust«, flüsterte Maggie.

Kühner geworden und ihr tief in die Augen schauend, fuhr Jake fort: »Ich wünsche mir schon seit dem Abend an dem wir uns kennengelernt haben, mit dir zu schlafen.«

»Und ich ...«

»O Maggie, Maggie.«

»Jake.«

Beide taumelten zum Sofa und sanken darauf nieder. Behutsam drückte er sie gegen die Kissen und neigte sich über sie. Er beugte sich tiefer hinab, küßte ihre Lider, ihre

Nase, ihre Wangen, ihren Mund, ihren Hals, begann, ihre Bluse aufzuknöpfen. Seine Hand glitt hinein und legte sich um ihre eine Brust, die er irgendwie vom BH befreit hatte.

Als Jake seine Lippen um ihre Brustknospe schloß, seufzte Maggie tief, stöhnte. Dann gab sie sich ganz ihren Gefühlen hin; der Schmerz und der Kummer waren fürs erste vergessen.

Sie hatte ständig an Jake gedacht, hatte sich so oft vorgestellt, mit ihm zu schlafen – sie konnte kaum fassen, daß es jetzt wirklich geschah.

Sein Mund war sanft und doch beharrlich, er berührte sie zärtlich, aber fest, und als er plötzlich aufhörte, hielt Maggie erwartungsvoll still. Sie sehnte sich nach mehr, nach weiteren Liebkosungen.

Er strich ihr sanft das Haar aus dem Gesicht und flüsterte: »Laß uns bitte nach oben gehen, Maggie.«

»Ja«, nickte sie, und er richtete sich auf und zog sie vom Sofa. Eng umschlungen stiegen sie die breite Treppe hinauf.

Maggie öffnete die Tür ihres Schlafzimmers, führte Jake hinein und trat in die Mitte des Raumes.

Jake schloß die Tür und folgte Maggie.

Draußen wandelte sich das Licht. Der Himmel hatte einen warmen Goldton angenommen, der das Zimmer mit seinem milden Schein durchflutete.

Jake faßte Maggies Schultern, blickte ihr ins Gesicht. »Du mußt dir sicher sein.«

»Ich bin es, Jake.«

»Wenn das geschieht, gibt es kein Zurück mehr. Jedenfalls nicht für mich.«

»Für mich auch nicht.«

Er schloß sie in die Arme.

Sie standen lange Zeit so da, küßten sich, berührten

sich, wurden vertrauter. Dann lösten sie sich voneinander, schauten sich an und küßten sich wieder. Ihre Glut wuchs.

Schließlich begann Jake, Maggie zu entkleiden, zog ihr die Bluse aus, öffnete den BH, streifte den Rock hinunter. Alles fiel zu Boden, rund um ihre Füße.

Maggie machte einen Schritt über den Kleiderberg hinweg und blieb stehen, blickte Jake an. Ihre Gefühle spiegelten sich auf ihrem Gesicht: sie wollte ihn.

Jake erwiderte Maggies Blick, erkannte die Sehnsucht in ihren Augen, nickte. Er zerrte seinen Pullover über den Kopf. Maggie trat einen Schritt näher, knöpfte sein Hemd auf und zog es ihm aus. Er stieg aus seinen Stiefeln und aus seiner Jeans, sie legte ihre Strümpfe ab, und endlich waren sie nackt.

Sie schmiegten sich aneinander, hielten sich fest. Jake strich mit seinen kräftigen Händen über Maggies Schultern, ihren Rücken, ihren Po; sie streichelte seine Schultern und ließ ihre Finger in sein dichtes Haar hinaufwandern.

Schließlich führte er sie zum Bett. Als er Maggie behutsam in die Kissen gedrückt hatte, beugte er sich vor und küßte sie. Dann sagte er: »Ich komme gleich wieder.«

Maggie lag da und wartete auf Jake; ihr Herz schlug rasch. Es war viele Jahre her, daß sie so empfunden, einen Mann so begehrt hatte. Sie wünschte sich, er möge sich beeilen. Sie konnte es kaum erwarten, ihn zu spüren. Da kam Jake zurück, ging durch das Zimmer aufs Bett zu.

Maggie fand, daß er großartig aussah.

Er blieb vor dem Bett stehen, blickte auf sie hinunter. Ihm fiel auf, daß ihre Augen ein tiefes Dunkelblau angenommen hatten, so dunkel, daß sie beinahe violett wirkten, das tiefe Blauviolett von Stiefmütterchen. Diese Augen waren voller Sehnsucht, und die galt ihm, das erkannte Jake erneut. Er spürte, wie Hitze in ihm aufwallte; seine Erregung nahm zu, während er dastand und Maggie voll Verlangen betrachtete.

Wie schön ist sie in ihrer Nacktheit, dachte er, im milden goldenen Schein des verblassenden Lichts. Er hatte vorher nicht gemerkt, wie wohlproportioniert sie war; versteckte sie ihren Körper doch ständig unter unförmigen Pullovern, schweren Jacken und fließenden Röcken.

Sie war sehr schlank mit leicht ausschwingenden Hüften und langen, langen Beinen. Sie hatte vollkommene, sanft gerundete Brüste, und ihre Haut war glatt und hell.

Als Maggie Jakes bewundernden Blick erwiderte, dachte sie, daß auch Männerkörper schön sein können. Dieser war es. Jake war groß und schlank, hatte einen kräftigen Brustkorb und breite Schultern, schmale Hüften und lange Beine. Er war herrlich anzuschauen. Maggie konnte die Augen kaum von ihm abwenden.

Schließlich ließ Jake sich neben ihr nieder.

Er nahm sie in seine Arme und zog sie eng an sich, küßte ihr Haar und ihren Hals, liebkoste ihre wunderbaren Brüste. Dann begann er, sie auf den Mund zu küssen.

Maggie erwiderte seinen Kuß. Die Küsse wurden inbrünstig, immer heftiger und heißer, leidenschaftlicher.

Jake stützte sich schwer atmend auf den Ellbogen, schaute Maggie ins Gesicht und fuhr mit dem Finger sanft die Kontur ihres Mundes nach. »Ich begehre dich so«, sagte er heiser. »Aber ich will, daß wir nichts überstürzen. Ich möchte es hinauszögern, es genießen.« Er beugte sich über sie. »Du erregst mich über die Maßen, Maggie, und wenn wir nicht aufpassen, ist es nur zu schnell vorbei.«

Sie blickte ihn mit der Andeutung eines Lächelns an und schwieg.

Er fuhr etwas ruhiger fort: »Ich habe das schon so

lange gewollt, mich so danach gesehnt, mit dir zusammenzusein.«

»Ich genauso, Jake.« Maggie hielt inne, betrachtete ihn forschend. »Aber ich dachte, du interessierst dich nicht für mich.«

»Und ich dachte, *du* interessierst dich nicht für mich.«

Maggie streckte ihre Hand aus, berührte Jakes Gesicht mit ihren Fingerspitzen. »Wir sind zwei rechte Narren.« Sie strich leicht mit dem Finger um seinen Mund und dachte, wie sinnlich diese Lippen seien.

Jake faßte ihre Hand, nahm ihren Zeigefinger in den Mund und begann daran zu saugen. Eine große Wärme stieg in Maggie auf, verbreitete sich über ihre Lenden. Er erregte sie ... es hatte etwas so Erotisches, wie er an dem Finger saugte. Sie spürte, daß sie feucht wurde.

Wenig später sagte er mit bewegter Stimme: »Ich liebe dich, Maggie. Du sollst es jetzt hören. Nicht mitten im Liebesakt. Du sollst wissen, daß es wahr ist, nicht nur Gerede, weil wir Sex miteinander haben.«

In ihrer Verwirrung brachte Maggie bloß ein Nicken zustande. Sie schlang die Arme um Jakes Hals und zog seinen Kopf zu sich herunter. Sie küßte ihn hungrig. Ihre Münder schienen miteinander zu verschmelzen, ihre Zungen erforschten gierig die warmen Mundhöhlen. Maggie schien es, als söge Jake den Atem aus ihr, und sie wurde immer erregter. Sehnsucht erfüllte sie, machte sie blind und taub für ihre Umgebung. Die Welt bestand nur noch aus ihnen beiden.

Jake bewegte den Kopf und begann Maggies Brüste zu küssen. Er drückte sie mit beiden Händen zusammen, ließ seinen Mund von der einen Spitze zur anderen wandern, sog mit seinen Lippen daran, bis die Brustwarzen aufrecht standen in der Mitte ihrer dunklen, fast pflaumenblauen Aureolen.

Dann, überwältigend für Maggie, wanderte Jakes Mund abwärts über ihren Bauch. Seine Hände folgten streichelnd und liebkosend, bis sie in den Locken des Haars über ihrem Schoß innehielten.

Jake hob den Kopf, schaute Maggie ins Gesicht. Sie hatte die Augen geschlossen. »Maggie«, sagte er heiser.

»Ja?«

»Gefällt es dir? Darf ich dich so lieben?«

»O ja.«

Zärtlich begann er, sie zu streicheln, tastete sich behutsam an ihre Weiblichkeit heran. Seine warmen Finger wurden kühner, als er merkte, wie heiß Maggie reagierte. Er versank mit dem Finger in ihrem Schoß, tat es geschickt, verlockend, hatte Freude daran, sie so intim zu berühren, zu fühlen, wie sie unter seinen Händen zu zerfließen schien, sich aufbäumte, seinen Namen flüsterte.

Dann lag Maggie sehr still, atmete kaum. Ihr Verlangen nach Jake war überwältigend; ihr Körper bebte danach, sich mit seinem zu vereinigen. Sie spürte, wie sie sich ihm mit fast unerträglicher Begierde öffnete, als sein Mund dem Weg folgte, den seine Finger genommen hatte. Seine Zunge spielte sachte mit dem Zentrum ihrer Lust, und Maggie begann sich unter seinen Küssen stöhnend zu winden.

Plötzlich verharrte sie, ließ die Wellen der Lust mit einem erstickten Laut über sich hinwegfluten, zuckte konvulsivisch, und ihr Körper wölbte sich, während Jake sie schier unendlich lange Zeit auf dem Höhepunkt hielt. Mit gutturaler Stimme rief sie erneut seinen Namen.

Jake schob sich über Maggie und drückte ihre Schenkel weiter auseinander. Sie war bereit für ihn, und er glitt hinein und stieß tief in sie.

Maggie keuchte, bewegte sich gegen ihn, nahm seinen

Rhythmus auf, schwebte mit ihm in Höhen, von denen sie nicht einmal etwas geahnt hatte.

Jake wußte in diesem Moment, daß sie eins waren – ein Körper, ein Mensch.

Er war heiß und pulsierend in ihr, ließ sich mittreiben auf den Gipfel von Maggies zweitem Höhepunkt. Das war die Erfüllung. So sollte es immer sein und war es doch nie für ihn gewesen. Bis heute.

Maggie warf sich ihm entgegen, flog mit ihm ins Unbekannte, schrie Jakes Namen unablässig.

Jetzt ließ er sich gehen, stieg mit ihr empor, gab sich ihr hin und erreichte den Höhepunkt gleichzeitig mit ihr. Außer sich vor Wollust stammelte er immer wieder: »O Maggie! Liebste!«

Der Himmel hatte noch einmal seine Farbe gewechselt; der goldene Schein war jetzt mit Purpur, Tiefrot und Violett durchzogen. Es war jene magische Stunde, das Zwielicht kurz vor Einbruch der Dunkelheit, da alles sanft, rosig und friedlich wirkt.

Jake lag über Maggie, den Kopf zwischen ihren Brüsten. Seine Hände ruhten fast gewichtslos auf ihren Schultern. Nach einer Weile begann sie seinen Rücken zu streicheln. Dann seine Haare.

Jakes Stimme klang gedämpft, als er sagte: »Ich möchte nie wieder weg. Ich möchte immer hier bleiben.«

Maggie schwieg. Sie küßte seinen Scheitel, dachte an seine Worte zuvor, die Worte, ehe sie sich so leidenschaftlich geliebt hatten. Er hatte gesagt, er liebe sie, und er hatte Maggie verwirrt mit dieser Erklärung. Aber sie glaubte ihm. Jake meinte immer, was er sagte, und er hatte es sehr ernst gesagt. Maggie empfand genauso für ihn, doch sie hatte ihre Gefühle unterdrückt, weil sie überzeugt war, er interessiere sich nicht für sie. Wie sehr sie sich da geirrt hatte! Doch all das würde zu nichts führen; der Altersunterschied zwischen ihnen war zu groß.

Ohne weiteres Nachdenken platzte Maggie dann auch heraus: »Ich bin wesentlich älter als du, Jake.«

»Ich mag ältere Frauen«, lachte er. »Die sind interessanter.« Er lachte erneut. »Und du siehst in keiner Weise alt aus.«

»Aber ich bin es. Ich bin fast vierundvierzig.«

»Zahlen haben nichts zu bedeuten. Ich habe dir ja schon einmal gesagt, daß du nicht älter als zweiunddreißig oder dreiunddreißig wirkst. Aber wen kümmert das überhaupt?«

»Mich. Wie alt bist du?«

»Das mußt du erraten«, antwortete Jake, als wollte er Maggie aufziehen.

»Dreißig. Oder einunddreißig.«

»Falsch. Einen Versuch hast du noch.«

»Ich komme nicht drauf. Bitte sag es mir.«

»Im Juni werde ich sechzehn.«

»Jetzt mal im Ernst, Jake!«

Er lachte. »Okay, okay. Bis zum 12. Juni bin ich noch achtundzwanzig. Dann werde ich neunundzwanzig.«

»Damit bin ich fünfzehn Jahre ...«

Jake schnitt Maggie das Wort ab, indem er kategorisch »Was zählt das!« rief. Er rollte sich neben sie, nahm sie in seine Arme.

Jake begann erneut, Maggie zu küssen, erst sanft, dann leidenschaftlicher. Er spreizte ihre Beine und drang in sie – diesmal ohne Vorspiel, ohne Rücksicht. Maggie bäumte sich ihm entgegen, klammerte sich an ihn.

»O Gott, wie ich dich begehre!« stöhnte er in ihr Haar. »Noch nie habe ich eine Frau so begehrt wie dich, Maggie. Ich will dich ganz, ich will alles. Komm zu mir, bitte komm.«

»O Jake!« schluchzte Maggie. »Ich will dich, ich will dich mit allen Fasern meines Körpers. Nimm mich. Liebe mich.«

Er schob seine Hände unter sie, preßte sie noch enger an sich. Sie bewegten sich in heftiger rhythmischer Gleichheit, ihr Tempo wurde wilder, sie gaben alles und erreichten gemeinsam mit kehligem Aufschrei die Erfüllung ihrer Leidenschaft.

Erschöpft lagen sie nebeneinander. Ihr Atem ging rasch und unregelmäßig.

Als Jake wieder Luft bekam, flüsterte er an Maggies Hals: »Und du meinst, das Alter zählt ... nein, *das* zählt ... Diese ... diese magische Anziehungskraft zwischen uns, Maggie. Das kommt nicht oft vor, zumindest nicht mit solcher Intensität. Es ist sehr selten ...«

Da Maggie schwieg, sagte Jake: »Aber das weißt du selbst, nicht wahr?«

»Ja.«

»Wir haben etwas sehr Starkes gemeinsam, und glaube mir, das Alter hat nichts damit zu tun.«

Sie aßen zusammen in der Küche zu Abend. Es war eine einfache Mahlzeit, die Maggie rasch zubereitet hatte: Rührei, englische Muffins und Kaffee.

»Ist leider mehr wie Frühstück«, sagte Maggie und lächelte Jake über den Tisch hinweg an. »Ich hatte diese Woche keine Gelegenheit, groß einzukaufen.«

»Das stört mich nicht. Ich habe einen Bärenhunger.« Jake erwiderte Maggies Lächeln und fügte hinzu: »Krieg' ich das zum Frühstück bitte noch einmal? Du läßt mich doch über Nacht bleiben, oder?«

»Wenn du willst«, antwortete Maggie und hatte plötzlich Hemmungen.

»Ja, ich will.« Jake streckte seine Hand nach Maggie aus, faßte ihre Rechte und drückte sie. Dann hob er sie an seinen Mund und küßte sie. »Du hast schöne Hände, Maggie, so lange, schlanke Finger. Du bist überhaupt schön.« Er schüttelte den Kopf. »O Gott, du hast wirklich eine ungeheure Wirkung auf mich ... ich könnte dich auf der Stelle ins Bett tragen und noch einmal von vorne anfangen.«

Er begann, Maggies Fingerspitzen zu küssen, ihre Knöchel und die einzelnen Fingeransätze. Dann drehte er die Hand um und küßte die Handfläche. Nach einer Weile schaute er auf und blickte Maggie an. »Bezweifle das nie. Es ist Wirklichkeit, und es ist der beste Teil davon.«

Maggie betrachtete Jake. Sein Gesichtsausdruck war ernst, und in seinen dunkelgrünen Augen lagen eine große Hingabe und ein solches Verlangen nach ihr, daß sie berührt war. Aus unerfindlichen Gründen schnürte es ihr die Kehle zu. »O Jake ...«, mehr brachte sie nicht heraus, und für den Bruchteil einer Sekunde dachte sie, ihr würden gleich die Tränen kommen.

Als ob er es spürte und verhindern wollte, stand Jake auf und fragte: »Möchtest du noch Kaffee?«

Maggie schüttelte den Kopf. »Nein, danke.«

Jake ging zum Tresen, schenkte seine Tasse voll, kehrte an den Tisch zurück und setzte sich wieder Maggie gegenüber.

Ein kurzes Schweigen trat ein, was von Jake unterbrochen wurde. Leise sagte er: »Vorhin warst du sehr aufgebracht, Maggie.«

»Das stimmt«, bestätigte sie. Sie sah Jake mit offenem Blick an und fuhr fort: »Ich sollte dir wohl etwas erklären.«

»Wenn du möchtest – aber das liegt bei dir. Ich will nicht neugierig sein.«

»Vor ein paar Wochen hat Samantha in deiner Gegenwart von meiner Scheidung gesprochen. Du weißt also, daß ich einmal verheiratet war.«

»Ja, das habe ich daraus geschlossen.«

»Was du nicht weißt, ist, daß ich Kinder habe. Zwillinge. Einen Jungen und ein Mädchen. Sie werden in ein paar Wochen einundzwanzig, wohnen in Chicago und studieren an der Northwestern University. Ich hatte gehofft, wir könnten alle an ihrem Geburtstag zusammensein, aber ihr Vater reist mit ihnen für ein verlängertes Wochenende nach Kalifornien. Ohne mich. Als du heute abend hier angekommen bist, habe ich gerade mit meiner Tochter Hannah gesprochen. Sie hat mir das kühl mitgeteilt. Und es hat mich natürlich sehr aufgeregt, daß ich ausgeschlossen bin.«

»Ich kann es dir nicht verdenken. So etwas ist reichlich mies.« Jake hob fragend eine Augenbraue und fügte dann rasch hinzu: »Jedenfalls meiner Meinung nach.«

»Ich finde es auch mies.« Maggie schüttelte den Kopf. »Aber es paßt ganz gut ins Bild.«

»Wie meinst du das?«

Maggie seufzte. »Du warst nie verheiratet, Jake, und du hast keine Kinder. Also wäre es schwer für dich, die damit verbundenen Probleme zu begreifen. Im Moment ist es mir jedenfalls lieber, wenn wir nicht mehr darüber reden. Du solltest nur wissen, daß ich mich über etwas Privates aufgeregt habe und nicht über etwas Geschäftliches.«

Jake nickte. Dann wechselte er das Thema.

8

Das Klingeln des Telefons ließ Maggie unter der Dusche hervorstürzen. Sie wickelte sich in ein großes Badehandtuch und sauste in ihr Schlafzimmer.

Dann griff sie nach dem Apparat, hob ab und sagte: »Ja?«

»Ich bin's.«

»Hallo!« rief Maggie, wie immer erfreut, Jakes Stimme zu hören. »Wir sind für zehn Uhr verabredet, und es bleibt doch dabei, oder?«

»Klar«, antwortete Jake. »Ich will mich nur schon ein bißchen früher mit dir treffen. Wäre das möglich?«

»Gewiß, Jake, aber – stimmt etwas nicht?«

Jake zögerte. Dann meinte er verhalten: »So kann man das nicht nennen, Maggie. Ich möchte nur über etwas mit dir reden.«

»Worüber denn? Du klingst ein bißchen komisch. Sag es mir jetzt, Jake, sag's am Telefon.«

»Nein, ich rede lieber persönlich mit dir, Maggie. Von Angesicht zu Angesicht.«

In Jakes Stimme schwang etwas mit, das Maggie in Besorgnis versetzte, aber sie kannte ihn und wußte, er würde sich keinem Druck von ihrer Seite beugen. Sie sagte also: »In Ordnung. Wann sollen wir uns treffen?«

»Um halb zehn. Ist dir das recht?«

»Ja. Möchtest du hierherkommen?«

»Nein. Treffen wir uns auf der Baustelle«, antwortete Jake.

»In Ordnung.«

»Bis dann.«

»Bye, Jake.«

Maggie stand verwirrt da, die Hand noch am Telefonhörer, den sie aufgelegt hatte. Jakes Stimme hatte wirklich seltsam geklungen. Auch seine Worte und seine Sprechweise waren merkwürdig gewesen. Er hatte sich Maggie gegenüber fast brüsk verhalten. Das war sonst nicht seine Art. Maggie hatte auch eine gewisse Nervosität an ihm wahrgenommen und vermutete unwillkürlich, er habe vor, sich von ihr zu trennen. Was sollte es sonst sein?

Langsam setzte sich Maggie auf das Bett. Es schauderte sie plötzlich, obwohl es draußen so schön war – ein warmer und sonniger Morgen im Mai. Das Herz wurde ihr schwer. Ja, das war es. Jake Cantrell wollte die Beziehung mit ihr abbrechen. Seufzend legte sich Maggie in die Kissen zurück und schloß ihre Augen, dachte an Jake. Heute war es genau eine Woche her, daß sie sich zum ersten Mal in diesem Bett geliebt hatten.

Verrückt geliebt, erregt, voller Leidenschaft. Jake war unersättlich gewesen, hatte nicht genug von Maggie bekommen können, sie nach dem improvisierten Abendessen ins Bett getragen. Und sie hatte genauso empfunden; die Sehnsucht hatte sie überwältigt.

Es kam Maggie so vor, als hätten sie seitdem nicht aufgehört, miteinander zu schlafen, obwohl das natürlich nicht der Wahrheit entsprach. Sie hatten außerdem zusammen im Farmhaus – oder auf der Baustelle, wie Jake es nannte – eine ungeheure Menge Arbeit bewältigt.

Doch nun, da Maggie zurückblickte, schien ihr Jake bereits seit einigen Tagen seltsam gewesen zu sein, verschlossen und gehemmt. Ihr ging plötzlich auf, daß er sich genauso benahm wie an jenem ersten Abend, da sie sich mit Samantha getroffen hatten, um über Millers *Hexenjagd* zu diskutieren.

Maggie öffnete die Augen, setzte sich entschlossen auf und erhob sich vom Bett. Sie ging wieder ins Bad, beendete ihre Toilette und kehrte dann ins Schlafzimmer zurück, um sich für den Arbeitstag, der vor ihr lag, anzukleiden.

Da es warm und sonnig war, suchte sie eine leichte marineblaue Gabardinehose mit dazu passender Jacke aus und holte ein weißes Baumwoll-T-Shirt aus dem Schrank. Als sie angezogen war, eilte sie nach unten in ihr Büro und packte ihre Papiere in die Aktenmappe.

Ein paar Minuten später, kurz vor neun, verließ Maggie das Haus, weil sie wußte, die Fahrt zu der Farm in der Nähe von Bull's Bridge Corner am südlichen Stadtrand von Kent würde eine gute halbe Stunde dauern.

Jakes Transporter stand schon vor der alten roten Scheune, als Maggie eintraf. Sie parkte ihren Jeep, stieg aus, nahm ihre Aktenmappe und schlug die Tür zu.

Als Maggie das Farmhaus betrat und in Richtung Küche ging, wappnete sie sich; sie wußte nicht, was Jake ihr sagen würde, wußte nicht, was sie zu erwarten hatte.

Jake sah Maggie und stand auf, lächelte scheu, fast abbittend, aber er bewegte sich nicht auf sie zu – normalerweise hätte er das getan.

Maggie fand, daß er abgespannt aussah, nervös. Seine grünen Augen, gewöhnlich so lebendig und vital, wirkten trübe und ängstlich.

»Hi«, sagte Maggie von der Tür aus.

Jake nickte. »Danke, daß du so früh gekommen bist. Ich wollte mit dir reden, bevor die anderen da sind. Setz dich hierher an den Tisch, Maggie. Ich habe eine Thermosflasche Eistee mit. Möchtest du einen Schluck?«

Maggie zuckte die Achseln, trat mit flottem Schritt in

den Raum. »Ja, bitte.« Sie nahm am Tisch Platz, wartete darauf, daß Jake den Tee eingoß, bedankte sich und fragte: »Warum wolltest du nicht am Telefon mit mir reden? Was soll das alles?« Maggie hörte, wie belastet und besorgt ihre Stimme klang, und war auf sich selbst böse.

Jake räusperte sich mehrmals und erklärte: »Ich habe mich furchtbar gefühlt in der letzten Woche, Maggie, wirklich furchtbar. Seit wir uns vorigen Mittwoch geliebt haben.« Jake räusperte sich erneut. »Ich ... ich bin dir gegenüber nicht fair gewesen.«

Maggie starrte ihn an und fragte: »Was soll das heißen, Jake?«

Er schüttelte den Kopf, wirkte betreten. Dann brach plötzlich ein Wortschwall aus ihm heraus: »Ich war nicht ganz ehrlich mit dir. Angelogen habe ich dich zwar nicht, aber es gibt etwas, das ich dir von Anfang an hätte sagen sollen. Es hat mir ein sehr schlechtes Gewissen gemacht. Ich habe das einfach nicht mehr ausgehalten. Und deshalb wollte ich dich heute früher sehen, wollte dir erklären ...«

»Was, Jake?« fragte Maggie, und es klang ein wenig verdutzt. »Was wolltest du mir erklären?«

»Du hast vorigen Mittwoch gesagt, ich könnte sicher nicht verstehen, warum du so aufgebracht seist, weil ich nie verheiratet gewesen wäre und keine Kinder hätte. Nur bin ich durchaus eheerfahren, Maggie, und ich hätte dir das sagen sollen. Aber ich habe es nicht getan. Damit habe ich eine Unterlassungssünde begangen. Und das hat mich beunruhigt.«

Maggie lehnte sich in ihrem Sessel zurück, die großen blauen Augen auf Jake gerichtet. »Soll das heißen, daß du verheiratet bist und deine Frau betrügst?«

Schamröte verbreitete sich über Jakes Gesicht, und er rief heftig: »Nein! Ich habe mich vor mehr als einem Jahr von meiner Frau getrennt. Die Scheidung ist bereits im Gange. Ich lebe allein, sehe Amy kaum und hoffe, daß ich bald wieder ledig bin. Aber das hätte ich dir eben schon früher sagen sollen. Es tut mir leid«, endete Jake ruhig.

Maggie hörte den Kummer in seiner Stimme, bemerkte seinen zerknirschten Gesichtsausdruck. Sie streckte ihre Hand aus und faßte die seine. »Das geht in Ordnung, Jake. Wirklich.«

»Du bist nicht sauer auf mich?«

Maggie schüttelte lächelnd den Kopf. »Natürlich nicht. Ich werde auch nicht so schnell sauer. Aufregen kann ich mich erst, wenn es etwas wirklich Schwerwiegendes ist ... die Abtrünnigkeit meiner Kinder zum Beispiel.«

Jake sagte: »Das hast du mir nicht erklärt. Ich weiß nicht, ob ich verstehe, was da vor sich geht.«

Maggie atmete tief ein und sagte: »Du und ich, Jake, wir haben nie richtig miteinander gesprochen. Wir waren Bekannte, die etwas mit einer Theatergruppe zu tun hatten, und dann haben wir angefangen, beruflich zusammenzuarbeiten, und plötzlich ist ein Liebespaar aus uns geworden. Wir wissen nicht viel voneinander. Also werde ich dir jetzt von mir erzählen. Okay?«

»Ja, ich möchte alles wissen.«

Maggie lachte. »Ich weiß nicht, ob ich dir *alles* erzähle. Ein paar kleine Geheimnisse sollte ich schon für mich behalten, findest du nicht?«

Jake lachte ebenfalls.

»Vor zwei Jahren hat mich mein Mann wegen einer jüngeren Frau verlassen. Mike Sorrell ist ein sehr erfolgreicher Rechtsanwalt in Chicago, und er hat mich gegen eine siebenundzwanzigjährige Kollegin ausgetauscht, die er bei einem Prozeß kennengelernt und mit der er zusammengearbeitet hat. Ich hätte wissen müssen, daß so etwas passieren würde, denn zwischen uns hatte es schon lange nicht mehr gestimmt. Aber was mich umgeworfen, mich wirklich verletzt hat, war die Abtrünnigkeit meiner Kinder. Ich konnte nie richtig verstehen, warum sie Mikes Partei ergriffen haben – er war der schuldige Teil.« Maggie schaute Jake lange und nachdenklich an. Schließlich fügte sie leise hinzu: »Allerdings hat er viel Geld.«

»Diese kleinen Miststücke«, sagte Jake. Dann errötete er leicht und murmelte: »Entschuldigung, solche Kommentare stehen mir eigentlich nicht zu ...«

»Das geht in Ordnung, Jake. Ich habe oft genug dasselbe gedacht. Jedenfalls wollte ich, daß die Kinder ihren einundzwanzigsten Geburtstag mit mir feiern, und hatte das Hannah bereits vor einigen Wochen geschrieben. Als ich nichts von ihr hörte, habe ich sie angerufen. Und gegen Ende des Telefonats bist du ins Haus gekommen. Das Resultat ist, daß Hannah und ihr Zwillingsbruder Peter den Geburtstag gemeinsam mit ihrem Vater verbringen werden. Er quartiert sich mit ihnen übers Wochenende in einem schönen Hotel in Sonoma ein.«

»Und dich hat niemand eingeladen.«

»So ist es.«

»Tut mir leid, Maggie, daß sie dich so kränken, tut mir wirklich leid. Ich wollte, ich könnte das irgendwie ausgleichen.«

Maggie drückte Jake die Hand. »Danke«, sagte sie. »Aber jetzt geht es mir besser, ich bin darüber hinweg. Na ja – mehr oder weniger.« Maggie seufzte, fuhr leise fort: »Ich glaube, irgendwo habe ich sie abgeschrieben ... seit all das passiert ist, haben sie kein großes Interesse an mir gezeigt.« Maggie quälte sich ein Lachen ab und fügte hinzu: »Ich war wohl keine besonders gute Mutter.«

»Nach dem, was ich von dir weiß, mache ich jede Wette, daß du eine phantastische Mutter warst!« rief

Jake. »Und Kinder können in solchen Situationen... große Verräter sein. Ich glaube, das ist die beste Formulierung. Meine Schwester Patty muß etwas ähnliches durchstehen. Sie hat vor ein paar Jahren einen geschiedenen Mann geheiratet, und dessen Kinder haben sich in letzter Zeit übel aufgeführt. Nicht nur ihm, sondern auch Patty gegenüber. Dabei hatte sie nichts mit Bills Scheidung von der Mutter der Kinder zu tun. Bill war schon seit vier Jahren wieder Single, als er Patty begegnet ist. Und bis er sie geheiratet hat, standen die Dinge offenbar recht gut zwischen ihm und seinen Kindern. Dann wurden sie unleidlich und nahmen eine sehr feindselige Haltung ein.« Jake schüttelte den Kopf. »Weiß der Himmel, warum.«

»Du hast gesagt, daß du von deiner Frau getrennt lebst, Jake. Hast du Kinder?«

»Nein, leider nicht. Vielleicht sollte ich das nun, da wir uns scheiden lassen, nicht sagen. Nur wollte ich Kinder. Aber Amy wollte keine.«

»Ich verstehe«, murmelte Maggie. Sie betrachtete Jake mit grüblerischem Blick. Dann sagte sie: »Du mußt sehr früh geheiratet haben.«

»Mit neunzehn. Wir waren beide neunzehn, Freunde seit unserem zwölften Lebensjahr und schon an der High-School ein Pärchen.«

»Ich habe auch früh geheiratet, kurz nach dem Abgang vom Bennington College. Da war ich zweiundzwanzig. Ein Jahr später hatte ich die Zwillinge.«

»Und du hast all die Jahre in Chicago gelebt?«

»Ja, das ist Mikes Heimatstadt. Ich komme aus New York, bin in Manhattan aufgewachsen. Und woher kommst du, Jake? Aus Kent?«

»Nein, aus Hartford. Da bin ich geboren. Nach der Hochzeit haben Amy und ich eine Weile in Hartford gewohnt. Dann sind wir nach New Milford gezogen. Letztes Jahr, nach der Trennung, habe ich zunächst in einem Apartment in der Bank Street gewohnt. Bis ich das Haus an der Route 341 gefunden habe.«

»Und wo wohnt Amy jetzt?«

»Nach wie vor in New Milford.« Jake trank einen großen Schluck von seinem Eistee und fuhr fort: »Kennst du Samantha noch aus New York? Ich meine, von deiner Jungmädchenzeit her?«

»Nein, wir sind uns am College begegnet und sofort Freundinnen geworden. Sie ist meine beste Freundin, und ich bin ihre beste Freundin.« Maggie lächelte, während sie voller Zuneigung an Samantha dachte. »Ich weiß nicht, was ich ohne sie getan hätte. Besonders in den letzten Jahren. Ich glaube kaum, daß ich die ohne Samantha heil überstanden hätte.«

»Hättest du sicher«, erwiderte Jake im Brustton der Überzeugung. »Du bist hart im Nehmen. Das gehört zu den Dingen, die ich an dir bewundere, Maggie. Deine Charakterstärke, deine Unverwüstlichkeit. Du bist eine ganze besondere Frau. Ich habe noch nie jemanden wie dich gekannt.«

»Danke. Und ich habe noch nie jemanden wie *dich* gekannt, Jake.«

Er starrte sie an.

Sie erwiderte seinen Blick.

Schließlich fragte Jake sanft: »Dann liegt dir also an mir?«

»O ja«, antwortete Maggie.

»Ist alles okay zwischen uns?«

Maggie nickte lächelnd.

Auch Jake lächelte. Ein Ausdruck ungeheurer Erleichterung trat plötzlich in seine Augen. »Ich würde es nicht aushalten, wenn du wütend auf mich wärst.«

Maggie lachte. Auch sie war erleichtert. »Das geht mir genauso.«

»Können wir uns heute abend sehen?«

»Mit dem größten Vergnügen.«

»Hast du Lust, zu mir nach Hause zu kommen? Ich könnte Spaghetti und einen Salat machen. Und ich würde gern abschließend die Beleuchtung für *Hexenjagd* mit dir besprechen.«

»Das ist eine gute Idee. Ich möchte auch alles endgültig festlegen und dir meine Entwürfe zum Bühnenbild zeigen. Wir haben nicht mehr viel Zeit, zumal Samantha und ich bald verreisen.«

»Oh. Wann?« fragte Jake. Es klang überrascht.

»In sechs Wochen ungefähr. Im Juli.«

»Und wohin reist ihr?«

»Nach Schottland. Auf dem Heimweg machen wir ein paar Tage Zwischenstation in London. Wir haben die Reise schon lange geplant. Sie ist zum Teil rein geschäftlich.«

»Du wirst mir fehlen«, sagte Jake. Doch wie sehr, das wußte er erst, als Maggie fort war.

9

In seinem ganzen Leben hatte Jake noch nie jemanden so vermißt wie Maggie Sorrell. Sie war erst fünf Tage fort, und es kam ihm schon wie eine halbe Ewigkeit vor.

Es würde noch einmal zehn Tage dauern, bis Maggie nach Kent zurückkehrte, und Jake wußte, bis dahin würde es ihm schlechtgehen. Immerhin war es ein Glück, daß sie nicht nur privat, sondern auch beruflich miteinander zu tun hatten, gemeinsam an der Umgestaltung von Havers Hill arbeiteten. Dadurch fühlte Jake sich Maggie näher, besonders wenn er zu dem alten Farmhaus fuhr. Ihre Gegenwart war überall zu spüren.

Aus diesem Grund hatte Jake auch zweimal das Kleine Theater in Kent aufgesucht und an der Beleuchtung für das Stück herumgebastelt, und er plante, noch einmal hinzufahren, ehe Maggie zurückkam.

Die Kostümbildnerin, Alice Ferner, war eine Freundin von Samantha und Maggie, und Jake plauderte gern mit ihr und den Männern, die an Maggies Bühnenbild arbeiteten. So hatte er das Gefühl, daß er zu Maggies Gruppe gehörte; es war, als sei er Teil einer großen Familie, und er genoß die allgemeine Kameradschaft. Auch lenkte es ihn ein wenig von der Einsamkeit ab, die er in Maggies Abwesenheit empfand.

Bis er Maggie kennenlernte, war Jake mehr oder minder autark gewesen, hatte seine Arbeit erledigt und getan, was ihm gefiel, sich dann und wann mit Freunden getroffen. Und er hatte ein paar kurzlebige Beziehungen gehabt. Doch er war von niemandem abhängig gewesen. Jetzt hatte er das Gefühl, Maggie sei lebensnotwendig für sein Wohlergehen, seine ganze Existenz, und das störte ihn. Er mochte nicht auf andere Menschen angewiesen sein; dadurch empfand er sich als verwundbar.

Zu Beginn ihrer Beziehung, an dem Abend, da sie zum ersten Mal miteinander schliefen, war Jake gleich damit herausgerückt, hatte er Maggie gesagt, daß er sie liebte. Und das entsprach der Wahrheit. Maggie hatte ihm keine Liebeserklärung gemacht. Aber das beunruhigte Jake nicht wirklich, obwohl er solche Worte gern gehört hätte, weil er wußte, daß er Maggie sehr am Herzen lag. Es verriet sich immer wieder in kleinen und großen Dingen.

Gedanken an Maggie gingen Jake durch den Kopf, als er aus der Küche trat und über den Hof auf die alte rote Scheune hinter dem Haus zulief. Er hatte sie zum Atelier und zur Werkstatt umgebaut, und er wollte seine Pläne für die Außenbeleuchtung von Havers Hill abschließen. Er wünschte sich, Maggie wäre heute mit ihm auf der Farm gewesen; endlich waren ihm Lösungen für etliche verwickelte Probleme eingefallen, und es hätte ihm Spaß gemacht, sie Maggie zu erklären.

Mitten auf dem Weg blieb Jake stehen und beobachtete einen ungewöhnlichen braunen Vogel mit oranger Brust, der gerade von der gewaltigen Eiche geflattert war, die den Rasen beschattete. Als der Vogel am Rand des Rasens entlanghüpfte, fragte sich Jake, welche Art das wohl sein mochte. Er hatte noch nie einen solchen Vogel gesehen. Die Gärten und Felder, die sein Haus umgaben, waren voller Tiere, ebenso die Feuchtgebiete, die sich dahinter dehnten. Hier fand man Wildgänse und -enten.

Jake wanderte weiter in Richtung Scheune und hielt erneut an, als ein Backenhörnchen über den Weg huschte und zwischen den Ritzen der alten Feldsteinmauer verschwand; das ganze Grundstück war ein Tummelplatz für diese possierlichen kleinen Geschöpfe, auch für Eichhörnchen und Kaninchen. Und plötzlich ging es Jake durch den Sinn, daß all das ein Paradies für Kinder wäre.

Während er mit dem Schloß an der Scheune kämpfte – es klemmte –, hörte er drinnen das Telefon klingeln, doch als er die Tür endlich aufbekam, war es verstummt.

Konnte das Maggie gewesen sein, die von Schottland aus anrief? Jake hoffte es; sie hatte angekündigt, daß sie sich diese Woche telefonisch bei ihm melden würde. Er drückte die Taste am Anrufbeantworter.

»Ich bin's, Jake«, sagte Amys Stimme. »Ich muß mit dir reden. Es ist dringend. Bitte ruf mich zurück.«

Jake wählte sofort Amys Nummer. Das Telefon klingelte endlos, aber niemand hob ab. Genau wie gestern abend, als Amy dasselbe auf den Anrufbeantworter gesprochen hatte. Offenbar wollte sie etwas mit Jake besprechen, aber wenn er dann zurückrief, war sie nicht da.

Jake ging zu dem langen Eßzimmertisch, der ihm als Arbeitstisch diente, und beschloß, Amy einen Anrufbeantworter zu kaufen. Da sie sich keinen angeschafft hatte – vorgeschlagen hatte er das schon vor Monaten –, würde er es für sie tun.

Jake seufzte. Ach, die alte Leier seines Lebens mit Amy! Solange er denken konnte – seit ihrer beider zwölftem Lebensjahr –, war er derjenige gewesen, der die Dinge in die Hand nahm. Er hatte sich immer um Amy kümmern müssen. Sie war wie ein kleines Kind, konnte nicht einmal die einfachsten Aufgaben bewältigen. Schließlich hatte es Jake zu reizen begonnen.

Das Seltsame war: Um Maggie *wollte* er sich kümmern, für sie *wollte* er sorgen, obwohl es gar nicht sein mußte.

Sie war eine so tüchtige Frau und durchaus in der Lage, sich um sich selbst zu kümmern. In den letzten Monaten hatte Jake sie recht gut kennengelernt. Er wußte, daß sie clever war und bewandert in praktischen Dingen – trotzdem hatte er das Bedürfnis, sie zu beschützen. Denn er sah eine Verletzlichkeit in ihr, eine Zartheit, die er sehr ansprechend fand.

Jake schob die Gedanken an Maggie und Amy beiseite, knipse die Arbeitslampe an dem alten Eichentisch an, griff sich einen Zeichenblock und begann, Skizzen für die Außenbeleuchtung der Havers Hill Farm zu machen.

Die rote Scheune – Atelier und Werkstatt – war für Jake ein Zufluchtsort geworden, seit er sein Haus bezogen hatte. Er fand den großen offenen Raum förderlich für die Arbeit, ob es sich nun um Lichteffekte handelte, ob er an seiner Werkbank mit Lampen und anderem elektrischem Gerät herumbastelte oder an der Staffelei unterhalb des Fensters am anderen Ende der Scheune malte. Diese drei Bereiche waren weitgehend voneinander getrennt. Jake hatte die Scheune sehr karg eingerichtet. Sie war weiß gestrichen, schmucklos, und es befanden sich nur Dinge darin, die er für seine Arbeit brauchte. Der einzige Luxus war ein CD-Player, damit Jake Musik hören konnte, wenn er Lust dazu hatte.

Er konzentrierte sich eine Stunde lang auf den Plan, die Bäume von Havers Hill zu illuminieren. Dann rief er noch einmal bei Amy an. Wieder hob niemand ab, und er wandte sich erneut dem Plan zu, der vor ihm lag.

Um 21 Uhr hörte Jake mit der Arbeit auf, löschte das Licht, verließ die Scheune, kehrte in sein Haus zurück. Er holte ein Bier aus dem Kühlschrank, machte sich ein Sandwich mit Tomaten und Käse und nahm seinen Imbiß mit ins Wohnzimmer. Nachdem er den Fernseher eingeschaltet hatte, ließ er sich in einem Sessel nieder, aß sein

Sandwich, trank sein Bier und zappte sich geistesabwesend durch die Kanäle. Seine Gedanken kreisten um Maggie. Er vermißte sie, begehrte sie, sehnte sich danach, sie wiederzusehen.

Als das Telefon klingelte, sprang Jake auf, riß den Hörer von der Gabel und rief »Hallo?« in der Hoffnung, es sei Maggie.

»Ich bin's«, sagte Amy. »Ich versuche schon seit zwei Tagen, dich zu erreichen. Warum hast du nicht zurückgerufen, Jake?«

»Ich *habe* zurückgerufen, Amy«, antwortete Jake. Er bemühte sich, nicht ungeduldig zu klingen. »Gestern abend, als ich von der Arbeit nach Hause kam, habe ich gehört, was du mir auf Band gesprochen hast. Ich habe dich angerufen, aber es ist niemand rangegangen. Heute morgen habe ich es bei dir im Geschäft versucht, und da sagte man mir, du hättest deinen freien Tag. Und heute abend habe ich deinen Anruf nur um Sekunden verpaßt. Du mußt gleich darauf gegangen sein, denn ich habe dich binnen weniger Minuten angeläutet, und wieder hat niemand abgehoben.«

»Ich war mit Mavis im Kino.«

»Aha.« Jake räusperte sich. »Du hast gesagt, du müßtest dringend mit mir reden. Worüber denn?«

»Über etwas Wichtiges.«

»Dann sag's mir, Amy. Ich höre«, antwortete Jake. Er nahm auf der Armlehne des Sofas Platz. Als Amy nicht reagierte, meinte er gelassen: »Nun verrate mir bitte, worum es geht.«

»Nicht am Telefon. Ich muß persönlich mit dir sprechen. Kannst du rüberkommen?«

»Jetzt?«

»Ja, Jake.«

»Nein, Amy, das kann ich nicht. Es ist zu spät. Wir

haben kurz nach zehn, und ich muß morgen sehr früh zur Arbeit. Laß uns jetzt miteinander reden, wenn es so wichtig für dich ist.«

»*Nein!* Ich muß dich *sehen!*«

»Das kannst du vergessen. Um diese Zeit fahre ich nicht mehr nach New Milford.«

»Sehen wir uns dann morgen? Es ist wirklich dringend.«

»Okay«, stimmte Jake zu, wenn auch widerwillig.

»Morgen abend, Jake? Ich könnte dir etwas zu essen machen.«

»Nein, nein, das ist nicht nötig«, erwiderte Jake. Dann dachte er rasch nach und improvisierte: »Ich muß morgen vormittag nach New Milford, ein paar Geräte holen. Die brauche ich für den Job, den ich auf der Farm in der Nähe von Kent mache. Wie wäre es, wenn ich gegen Mittag bei dir im Geschäft vorbeischauen und dich zum Essen einladen würde?«

»Wie du meinst ... aber ich wollte, du könntest jetzt gleich kommen ...«

»Wir sehen uns morgen«, sagte Jake mit fester Stimme. »Gute Nacht, Amy.«

»Gute Nacht, Jake«, murmelte sie und legte auf.

Später, beim Ausziehen, fragte sich Jake, ob er einen Fehler gemacht hatte, indem er sich damit einverstanden erklärte, Amy zu sehen. Für ihn stand fest, daß sie über die Scheidung jammern, versuchen würde, es ihm auszureden. Amy verzögerte das Ganze bereits; Jake hatte noch kein Wort von ihrem Anwalt gehört. Er wußte nicht einmal, ob sie ihn wieder aufgesucht hatte. Und so kam er zu dem Schluß, daß er die Dinge selbst in die Hand würde nehmen müssen. Amy war dem wie üblich nicht gewachsen.

Als sie sich am nächsten Tag trafen, war das erste, was Jake an Amy auffiel, daß sie sich Mühe mit ihrem Äußeren gegeben hatte. Ihr feines blondes Haar war aus dem Gesicht gekämmt, und sie trug jetzt einen Pferdeschwanz, mit blauem Band zusammengebunden. Auch ein wenig Make-up hatte sie aufgelegt.

Trotzdem, dachte Jake, als er sie über den Tisch im Wayfarers Café in New Milford hinweg betrachtete, sah Amy müde aus. Sie war erst achtundzwanzig, doch sie wirkte älter, ein bißchen verbraucht. Das war eigentlich nichts Neues; sie hatte in den vergangenen Jahren immer etwas Glanzloses gehabt. Amy war rasch verblüht. Das betrübte Jake, und unweigerlich tat sie ihm auch ein wenig leid. Sie war kein schlechter Mensch – nur unkonzentriert, chaotisch und ziemlich einsam.

Amy und Jake plauderten über belanglose Dinge, schauten in die Speisekarte, überlegten sich, was sie essen wollten. Schließlich entschieden sich beide für einen großen gemischten Salat und Eistee.

Als die Kellnerin ihre Bestellung entgegengenommen hatte und sie wieder allein waren, erkundigte sich Amy: »Was für einen Job machst du da in der Nähe von Kent?«

»Ein Farmhaus«, erklärte Jake. »Ein sehr altes Anwesen. Es ist malerisch, und ein schönes Grundstück gehört dazu. Eine echte Herausforderung, kann ich dir sagen. Besonders die Innenbeleuchtung. Aber ich mache auch die Außenbeleuchtung, illuminiere die landschaftsgärtnerisch gestalteten Teile und den Teich. Für meine Verhältnisse ist das ein Großauftrag, und ich finde es spannend.«

Amy nickte. »Ich weiß, du machst gern komplizierte Jobs, ausgefallene Sachen, und da bist du auch sehr gut.«

»Danke.« Jake schaute Amy prüfend an und fragte: »Worüber wolltest du nun mit mir reden, Amy?«

»Warten wir damit, bis wir gegessen haben.«

»*Warum?* Du rufst mich schon seit zwei Tagen an, bittest um ein Gespräch, sagst, es sei wichtig, und jetzt willst du plötzlich warten.«

Amy nickte. Ihr Mund war strichdünn.

Jake stieß einen kleinen Seufzer aus. »Wie du meinst, Amy. Aber ich muß in spätestens zwei Stunden wieder bei der Arbeit sein.«

»Meine Mutter findet, wir sollten uns nicht scheiden lassen«, sagte Amy unvermittelt. Sie trank hastig einen Schluck Wasser und beäugte Jake über den Rand des Glases.

Jake kniff die Augen zusammen. »Das weiß ich schon«, antwortete er. »Wolltest du mich deshalb sehen? Um über die Scheidung zu reden? Hat deine Mutter dir wieder zugesetzt?«

Amy schüttelte den Kopf. »Nicht richtig.«

Jake beugte sich über den Tisch und blickte Amy starr an. »Hör zu, Amy. Es tut mir leid, daß es nicht geklappt hat, es tut mir wirklich leid. Aber so banal das auch klingt ... so etwas kommt vor, das wissen wir alle.«

Ehe Amy antworten konnte, war die Kellnerin zurück, stellte zwei Schüsseln Salat auf den Tisch und kam einen Moment später mit dem Eistee wieder.

Jake und Amy aßen eine Weile in Schweigen. Das heißt, Jake aß; Amy stocherte in ihrem Salat herum.

Schließlich legte sie die Gabel aus der Hand und lehnte sich zurück.

Jake schaute Amy stirnrunzelnd an. Sie sah plötzlich blaß aus, blasser als sonst, und sie schien den Tränen nahe.

»Was ist, Amy? Stimmt etwas nicht?« fragte Jake. Als Amy nicht antwortete, sondern nur seltsam und wie verschreckt dreinblickte, hakte Jake nach: »Was ist los, Schatz?«

»Ich bin krank«, begann Amy und hielt abrupt inne.

Jake zog die Augenbrauen zusammen. »Krank?«

»Ja, Jake. Ich war beim Arzt. Ich habe mich nicht wohl gefühlt in letzter Zeit.« Amys Augen schwammen in Tränen. »Es ist Krebs. Der Arzt hat mir gesagt, daß ich Eierstockkrebs habe.«

»O Gott! Amy! Nein! Ist er sicher?« Jake beugte sich vor und faßte Amys Hand. »Ist der Arzt ganz sicher?«

»Ja«, flüsterte Amy.

Einen Moment lang wußte Jake nicht, was er sagen sollte. Von Natur aus sensibel und freundlich, empfand er großes Mitgefühl für Amy. Er fragte sich, wie er sie trösten konnte, und erkannte dann, daß es nicht möglich war. Seine Worte – wenn sich überhaupt die richtigen einstellten – würden ein schwacher Trost sein. Es war besser, sie blieben ungesagt. Und so saß Jake nur da, hielt Amys Hand, drückte sie von Zeit zu Zeit und hoffte, so werde sie sich weniger verlassen fühlen.

10

Vor einer Weile hatte es geregnet, und als Maggie den Weg entlanggging, der durch den Garten des Sunlaws House Hotel führte, blieb sie kurz stehen und blickte zum Himmel auf. Die Sonne kehrte wieder, drang durch die dünnen Wolken, und urplötzlich wölbte sich über den Bäumen zitternd ein Regenbogen, ein vollkommenes Gebilde aus Rosenrot und Blau, Violett und Gelb.

Maggie lächelte in sich hinein, dachte, dies sei ein gutes Zeichen. Ihre Mutter war der positivste Mensch gewesen, den sie je gekannt hatte, einer, der stets an den Goldtopf am Ende des Regenbogens geglaubt hatte, an Glücksbringer und an Sternschnuppen, bei denen man sich etwas wünschen durfte. Mama war eine ewige Optimistin, dachte Maggie, immer noch in sich hineinlächelnd und voller zärtlicher Erinnerungen. Das habe ich zum Glück von ihr geerbt. Wäre es anders – ich hätte das Debakel mit Mike Sorrell wohl nicht heil überstanden. Man hätte mich in der Zwangsjacke abgeholt. Doch Maggie *hatte* es heil überstanden und fand, die ganze Existenz sei für sie noch nie besser gewesen. Und dann fragte sie sich: Wie viele Menschen bekommen die Chance, ein neues Leben anzufangen?

Am Ende des Wegs kehrte Maggie um und spazierte zum Hotel zurück. Samantha und sie verbrachten dort die Nacht. Sie wollten mit dem Leihwagen nach London, waren über Edinburgh und Glasgow gefahren und gerade rechtzeitig zum Mittagessen im Sunlaws eingetroffen.

Dieses ehemalige Herrenhaus befand sich in Kelso, in der Gegend, die man *The Borders* nannte, weil sie, im Herzen von Roxburgshire, dicht bei der Grenze zwischen Schottland und England lag. Man hatte das hübsche alte Gemäuer, das dem Herzog und der Herzogin von Roxburghe gehörte, zum bezaubernden ländlichen Hotel umgebaut.

Das Sunlaws war schön eingerichtet – gediegene Antiquitäten und qualitätvolle Bilder –, und es herrschten hier der Komfort und die einladende Wärme, die Maggie liebte. Solches Ambiente bemühte sie sich bei den Entwürfen für ihre Kunden zu schaffen.

Die Umgebung des Hotels war ebenfalls bezaubernd. Sie erinnerte Maggie an die nordwestlichen »Highlands« von Connecticut. In dem Moment, da sie diese Landschaft erblickte, hatte sie Heimweh bekommen.

Maggie erkannte jetzt, daß sie es kaum erwarten konnte, nach Kent zurückzukehren. In ihr Haus. Und zu Jake. Er beschäftigte sie sehr, und sie dachte fast ständig an ihn, wünschte sich, er wäre hier und könnte diese Reise mit ihr machen. Auch beim Kauf der Antiquitäten in Edinburgh und Glasgow hätte Maggie ihn gern bei sich gehabt. Die Sachen waren für das Farmhaus bestimmt: schöne Stücke aus dunklem, abgelagertem Holz, einige mit Schnitzereien verziert und alle sehr alt und fein gearbeitet. Sie würden sich gut machen in den Räumen der Havers Hill Farm, würden die Atmosphäre des Hauses und dessen historisches Flair hervorheben.

Maggie war froh, daß sie Schottland mit Samantha bereist hatte. Es war für sie beide ein großer Erfolg gewesen. Neben den antiken Möbeln fand Maggie auch anderes Interessante: alte Lampen, wunderhübsches Porzellan, einzigartige Accessoires.

Samantha hatte ihr Geld in Stoffe investiert. Die wollte

sie in dem Ateliergeschäft verkaufen, das sie in drei Monaten eröffnen würde. Für Maggie waren die schottischen Woll- und Mohairstoffe mit den typischen Karos das Schönste. Sie hatten auch Samantha am besten gefallen.

Insgesamt war es gut gelaufen für die beiden Freundinnen, und Maggie beschloß, nächstes Jahr wiederzukommen, diesmal mit Jake. Er war noch nie im Ausland gewesen und hatte ihr gestanden, daß er eines Tages gern nach England reisen würde.

Maggies Gedanken wanderten erneut zu Jake. Er hatte ihr gefehlt. Sie vermißte seine Wärme und Zuneigung, seine Freude am Spaß und seinen trockenen Humor, seine Leidenschaft und daß er sie dauernd verwöhnte ... Er gab ihr das Gefühl, begehrt und geliebt zu werden. Mike Sorrell hatte ihr das nie vermittelt.

Maggie hörte ihren Namen und schaute auf, blickte geradeaus und schirmte ihre Augen mit der Hand gegen das helle Licht ab. Sie winkte, als sie Samantha auf sich zukommen sah.

»Ich habe dich überall gesucht!« rief Samantha. Sie hängte sich bei Maggie ein und paßte sich ihrem Schritt an. Gemeinsam spazierten die Freundinnen auf das Hotel zu.

Maggie sagte: »Ich liebe die Zeit kurz bevor es dunkel wird. Für mich hat sie etwas Magisches.«

Samantha nickte. »Für mich auch. Und so nennen sie's ja auch in der Kinobranche ... *the magic hour*. Offenbar meinen die Kameraleute, in dieser Stunde sei das Licht am schönsten zum Filmen.« Samantha schauderte. »Laß uns reingehen, Maggie, es ist kühl geworden. Außerdem frischt der Wind auf, und es riecht nach Regen.«

»Ich friere auch ein bißchen«, gab Maggie zu.

Die Freundinnen liefen schneller, und als sie im Hotel

waren, schaute Samantha auf ihre Uhr. Sie sagte: »Es ist kurz vor sieben. Nehmen wir einen Drink in der Lounge. Da brennt ein schönes großes Feuer. Es mag Juli sein, aber die Leute hier kennen sich aus mit den kühlen schottischen Nächten.«

Bald darauf saßen die beiden Freundinnen in der behaglichen Lounge. Sie war mit tiefen Ledersesseln und -sofas eingerichtet, und an den Wänden hingen wunderbare alte Ölgemälde. Überall standen Vasen mit Blumen, deren Düfte sich mischten. Die einzigen Laute waren das Ticken einer Uhr irgendwo am anderen Ende des Raumes und das Knistern und Prasseln der Holzklötze, die in dem großen Marmorkamin brannten. Lampen mit Seidenschirmen verbreiteten einen milden Schein.

Samantha blickte in die Runde und sagte: »Es ist so intim und gemütlich hier – man fühlt sich wirklich wie in einem Landhaus, findest du nicht?«

»Doch, und es ist eine Atmosphäre, die du kaum nachmachen kannst«, bestätigte Maggie. »Die Briten verstehen sich sehr gut darauf. Vielleicht weil es ihrer Lebensart entspricht.«

Samantha lächelte nur und trank einen kleinen Schluck von ihrem Weißwein. Dann schaute sie Maggie an. »Bis jetzt hat mir die Reise viel Freude gemacht. Dir auch?«

»O ja.«

Nun musterte Samantha ihre Freundin und murmelte: »Aber Jake hat dir gefehlt, nicht?«

Maggie lächelte. »Ein bißchen ...« Dann fügte sie hinzu: »Ganz fürchterlich. Wie hast du das erraten?«

»Nun, du warst manchmal zerstreut und irgendwie ... gar nicht richtig da, das trifft es wohl am besten.«

Maggie schwieg. Sie wandte ihr Gesicht einen Moment lang ab und beobachtete das Feuer. Ein ruhiger, versonnener Ausdruck trat in ihre Augen. Dann schaute sie ihre Freundin an und meinte: »Ich möchte dir etwas sagen.«

Samantha nickte. »Komisch. Und ich *muß* dir etwas sagen. Aber erst bist du dran.«

Für Sekundenbruchteile herrschte Schweigen. Dann sagte Maggie: »Ich bin schwanger, Sam.«

»Guter Gott! Das darf doch nicht wahr sein! In dieser Zeit! Sag mir um Himmels willen nicht, daß ihr absolut nichts genommen habt!«

»Es ist aber wahr. Ich bin schwanger. Als wir vorige Woche hier eingetroffen sind, habe ich schon zum zweiten Mal meine Tage nicht bekommen. Und genommen haben wir tatsächlich nichts.«

Samantha lehnte sich zurück, starrte Maggie mit offenem Mund an, entsetzt geradezu. »Es gibt eine Krankheit, mit der nicht zu spaßen ist, Maggie. Sie heißt Aids.«

»Ich weiß, Sam. Aber ... na ja ... ich vertraue Jake, ich weiß, daß er kein wilder Casanova ist.«

»Als du mit Jake geschlafen hast, warst du mit allen Leuten zusammen, mit denen er je geschlafen hat ... und von *denen* weißt du nichts.«

Maggie gab keine Antwort. Sie lehnte sich in die Kissen auf dem Ledersessel zurück und starrte ins Leere. Dann setzte sie sich wieder auf und murmelte: »Du hast gemeint, du *müßtest* mir etwas sagen. Was?«

Samantha zögerte, räusperte sich, beugte sich näher zu Maggie heran und begann in gelassenem Ton: »Du solltest das wissen, obwohl es jetzt vielleicht weher tut denn je. Jake ist verheiratet, Mag. Ich habe das kurz vor unserer Abreise herausgefunden, aber da wollte ich es dir noch nicht sagen. Ich wollte nicht, daß du dich aufregst. Doch nun, da wir wieder nach Hause gehen, solltest du es wissen. Ich habe mit Absicht gewartet, um dir die Reise nicht zu verderben.«

Maggie erwiderte rasch: »Das weiß ich bereits! Jake hat es mir selbst gesagt. Wenige Tage, nachdem wir ein Paar geworden sind. Er war sehr ehrlich mit mir, Sam. Er hat gesagt, er lebe seit einem Jahr von seiner Frau getrennt, wohne allein und lasse sich gerade scheiden. Willst du damit andeuten, daß er noch Tisch und Bett mit seiner Frau teilt?«

Samantha schüttelte den Kopf und antwortete: »Nein, nein, das nicht.«

»Wer hat dir gesagt, daß er noch verheiratet ist?«

»Eine Kundin. Sie hat in diesem Spezialgeschäft fürs Bad in New Milford ein Geschenk für mich gekauft. Als sie mir das Körbchen überreichte – alle möglichen ätherischen Öle –, sagte sie, das hätte ihr Amy Cantrell empfohlen. Ich habe wohl irgendwie auf den Namen reagiert, und meine Kundin hat irgendwas in der Richtung gesagt, daß Amy die Frau von Jake Cantrell, dem Beleuchtungsexperten, sei. Aber wenn du sagst, daß er getrennt von ihr lebt, bin ich sicher, daß es stimmt.«

»Und er wohnt allein«, betonte Maggie. »Ich war einige Male in seinem Haus.«

»Warum hast du mir nicht gesagt, daß er sich gerade scheiden läßt?«

Maggie zuckte die Achseln. »Ich habe das nicht für besonders wichtig gehalten, Sam.«

»Und was hast du mit dem Baby vor, Maggie?«

»Ich werde es natürlich bekommen.«

Samantha starrte ihre Freundin fragend an. »Und Jake? Ich meine, was wird er deiner Ansicht nach sagen? Und tun?«

»Ich bin sicher, daß er sich freut. Oder hoffe es zumindest. Aber das ist auf jeden Fall meine Entscheidung, meine ganz allein. Ich lasse bestimmt keine Abtreibung machen.«

Maggie beugte sich vor, und ihr Gesicht war plötzlich hell von Glück und Hoffnung, als sie hinzufügte: »Vorhin, bei meinem Spaziergang im Garten, mußte ich daran denken, daß die wenigsten Menschen eine zweite Chance im Leben bekommen. Ich gehöre zu ihnen. Das Baby ist meine zweite Chance. Und Jake natürlich. Ich glaube, daß ich großes Glück habe.«

»Meinst du, er will dich heiraten?«

»Das weiß ich nicht ... und im Grunde liegt mir nichts daran, die Verbindung zu legalisieren. Ein Kind kann ich allein großziehen und versorgen. Ich bin recht kompetent, Sam.«

»Das brauchst du mir nicht zu sagen! Ich weiß es genau«, erwiderte Samantha mit Nachdruck.

»Vielleicht hältst du mich für verrückt«, fuhr Maggie fort. »Hier sitze ich, vierundvierzig und schwanger von meinem wesentlich jüngeren, sprich neunundzwanzigjährigen Liebhaber, der noch nicht geschieden ist und von dem ich nicht einmal weiß, ob er mich heiraten will.« Maggie begann zu lachen und hob in hilfloser Gebärde ihre Hände empor. »Und wie steht es mit mir? Möchte ich ihn heiraten?« Maggie zuckte die Achseln, zog eine dunkle Augenbraue hoch.

Samantha schüttelte staunend den Kopf. »Wenn es ums Zurechtkommen geht, gibt es niemanden wie dich, Maggie. Vergessen wir nicht, daß du eine ziemlich scheußliche Situation überstanden hast, als der Mann, mit dem du zwanzig Jahre verheiratet warst, beschloß zu gehen. Das hätte so manche Frau total erledigt.«

»Verdirb mir nicht den Tag, indem du von Mike Sorrell sprichst! Aber um auf Jake zurückzukommen – er liebt mich.«

»Hat er dir das gesagt?«

»O ja.«

»Und liebst du ihn, Mag?
»Ja. Sehr.«
»Du hast Mut, Maggie.«
»Nein, Sam. Ich habe Glück …«

Samantha Matthews war froh, daß sie auf einem Aufenthalt im Brown's bestanden hatte. Da das Hotel im Zentrum des Westends lag, war es nicht weit zum Piccadilly Circus, zur Bond Street und so ziemlich allem. Sämtliche Geschäfte ließen sich bequem zu Fuß erreichen, und ansonsten gab es genug Taxis.

Nun, da sie auf dem Rückweg zum Brown's die Albermarle Street entlangeilte, fragte sich Samantha unwillkürlich, was Maggie heute nachmittag getan hatte. Sie wollte partout allein aufbrechen und war sehr geheimnistuerisch. Aber Samantha würde es bald wissen; Maggie würde es ihr letzten Endes doch verraten.

Der Tag war drückend schwül, und es drohte ständig zu gewittern. Samantha beschloß, daß sie für den Abend beim Empfangschef um einen Wagen mit Chauffeur bitten würde. Sie wollte mit Maggie ins Theater und danach zum Essen ins Ivy, und vom Regen überrascht zu werden, war das letzte, was sie brauchen konnten.

Samantha betrat die Hotelhalle und steuerte direkt auf die Rezeption zu. Nachdem sie einen Wagen bestellt hatte, fuhr sie mit dem Aufzug zu der Suite, die sie sich mit Maggie teilte. Das ging auf Samanthas Rechnung, war ihr Geburtstagsgeschenk für Maggie. »Aber ich habe doch schon diese tolle Tasche von dir!« hatte Maggie protestiert, als ihre Freundin den Aufenthalt im Brown's ankündigte. Samantha hatte nur gelächelt.

Maggie war noch nicht zurück.

Samantha lud ihre Handtasche und ihre Einkaufstüten auf dem Sofa im Salon ab und ging ins Schlafzimmer.

Sie zog ihr Kleid aus, stieg aus ihren Pumps, hüllte sich in einen seidenen Bademantel und legte sich auf ihr Bett. Sie war müde vom stundenlangen Pflastertreten, wollte sich entspannen, ehe sie sich für den Abend schönmachte.

Einen Moment später kreisten ihre Gedanken um Maggie. Samantha liebte sie wie die Schwester, die sie nicht gehabt hatte, und es gab keinen Menschen, dem sie sich verbundener fühlte und an dem ihr mehr gelegen war. Beim gegenwärtigen Stand der Dinge schien es nur normal, daß sie sich um Maggie sorgte. Sie hatte Maggie mit Jake Cantrell bekannt gemacht und fühlte sich verantwortlich für die momentane Lage. Andererseits war Maggie vierundvierzig Jahre alt und die Cleverneß in Person. Wenn sie nicht wußte, was sie tat, wußte es niemand.

Samantha seufzte leise. Sie zweifelte nicht an Maggies Fähigkeiten, und in mancher Hinsicht bewunderte sie die Haltung, die ihre Freundin dem Kind gegenüber einnahm. Doch wie sah es mit Jake aus? Würde er zu Maggie stehen? Und wenn nicht? Konnte Maggie das Baby wirklich allein großziehen? Das erforderte Mut, und den hatte sie natürlich. Egal, was passiert, es wird gut für sie ausgehen, zu diesem Schluß kam Samantha. Und mich gibt es ja auch noch. Ich kann ihr helfen. Samantha lächelte in sich hinein. Maggies und ihre Devise war immer »Gemeinsam durch dick und dünn« gewesen.

Das Telefon auf dem Nachttisch zwischen den beiden Betten klingelte. Samantha hob ab und sagte: »Hallo?«

»Bist du's, Samantha?«

»Ja. Und wer sind Sie?« fragte Samantha. Sie erkannte die etwas barsche Stimme am anderen Ende der Leitung nicht.

»Ich bin Mike Sorrell, Sam.«

Samantha war so überrascht, daß sie beinahe den Hörer fallen ließ. »Oh!« rief sie und fügte in frostigem Ton hinzu: »Was kann ich für dich tun, Mike?«

»Ich suche Maggie.«

»Die ist nicht da.«

»Wann erwartest du sie zurück, Sam?«

Samantha ignorierte Mikes Versuch, freundlich zu sein, und antwortete kühl: »Das weiß ich nicht.«

»Sag ihr bitte, sie soll mich anrufen.«

»Wo?«

»Im Connaught.«

»Du bist in London!«

»Ja, geschäftlich.«

»Wie bist du darauf gekommen, wo wir sind?«

»Ich habe euch dank deiner Assistentin gefunden. Als ich bei Maggie nur den Anrufbeantworter erreichen konnte, habe ich dein Studio angeläutet.«

»Aha. Ich werde es Maggie ausrichten.«

»Danke«, sagte Mike Sorrell.

»Tschüs«, murmelte Samantha und knallte den Hörer auf die Gabel. Mit finsterem Blick starrte sie das Telefon an. *Mistkerl,* dachte sie und schaltete wütend den Fernseher ein. Sie landete bei den Abendnachrichten der BBC, schaute sie aber ein wenig geistesabwesend an, weil sie sich fragte, was Maggies Exmann wollte.

Eine halbe Stunde später betrat Maggie, beladen mit Einkaufstüten, die Suite. »Hi, Sam«, sagte sie, ging ins Schlafzimmer, legte ihre Sachen auf einen Sessel und kickte die Schuhe von ihren Füßen. »Es hat eben zu regnen angefangen. Vielleicht sollten wir uns für heute abend einen Wagen mieten.«

»Das habe ich bereits getan«, antwortete Samantha. Sie setzte sich auf. »Laß dich nieder, Maggieschatz.«

Maggie starrte Samantha an. »Warum? Was ist?«

Maggie runzelte die Stirn und fuhr fort: »Irgendwas ist nämlich. Das sehe ich schon an deinem verdrossenen Gesichtsausdruck.«

»Rat mal, wer in London ist. Nein, darauf kommst du nie. Also brauchst du's gar nicht erst zu versuchen. Ich sage es dir: Mike Sorrell. Er hat vor einer halben Stunde hier angerufen. Du möchtest dich bei ihm melden. Er wohnt im Connaught.«

»Guter Gott!« Maggie ließ sich in den nächsten Sessel fallen und starrte Samantha an, schüttelte ungläubig den Kopf. »Wie hat er uns gefunden? Es ist zwar kein Geheimnis, wo wir sind, aber ...«

»Über Angela. Als er dich nicht erreichen konnte, hat er bei mir im Studio angerufen.«

Maggie biß sich, nachdenklich geworden, auf die Unterlippe. »Dann will er also plötzlich mit mir reden. Warum wohl?«

»Das frage ich mich auch, Mag. Meldest du dich bei ihm?«

»Ich weiß es noch nicht. Wozu? Mit Peter und Hannah kann es nichts zu tun haben, wenn da Probleme anlägen oder irgendein Notstand, hätte er's dir gesagt.«

»Das glaube ich auch. Er klang durchaus gelassen und kontrolliert.«

Maggie überlegte einen Moment. Dann traf sie ihre Entscheidung. Sie stand auf, schaute Samantha an und sagte: »Ich werde jetzt gleich mit ihm reden, das hinter mich bringen!« Als sie in den Salon ging, wirkte sie forsch und nüchtern.

Samantha rutschte vom Bett, folgte ihrer Freundin.

Maggie hob den Hörer des Telefons auf dem Sekretär ab und bat um eine Verbindung zum Hotel Connaught. Ein paar Sekunden später sprach sie mit Mike Sorrell.

»Maggie. Wie ich höre, willst du mit mir reden.«

»Hi, Maggie! Ja, ich möchte in der Tat mit dir reden. Ich hatte gehofft, wir könnten uns sehen.«

»Oh. Warum das?«

»Ich muß etwas mit dir diskutieren. Wie wäre es mit heute abend? Ich habe mir gedacht, wir könnten uns zu einem Drink treffen. Oder zum Essen.«

»Das geht nicht.«

»Nicht mal ein Drink ist drin?«

»Nein. Ich habe heute abend schon etwas vor.«

»Und morgen?« fragte Mike.

»Warum können wir nicht jetzt am Telefon reden? In den letzten zweieinhalb Jahren haben wir das doch auch dann und wann getan.«

»Ich muß dich sehen, Maggie.«

»Geht es den Zwillingen gut?«

»O ja. Und was dich und mich betrifft – ich glaube, wir haben ein paar unerledigte Dinge zu besprechen.«

Verwirrt über diese Worte schwieg Maggie einen Moment. Dann traf sie eine weitere Entscheidung. »Morgen vormittag um neun. Hier im Brown's. Wir treffen uns in der Lounge.«

»Okay. Wunderbar. Bis morgen, Liebling.«

Maggie legte den Hörer auf die Gabel und drehte sich um, stand gegen den Sekretär gelehnt und starrte Samantha an. »Du wirst es nicht glauben, aber dieses hinterlistige Ekel hat es gerade gewagt, mich ›Liebling‹ zu nennen.«

»Da ist etwas so faul, daß es zum Himmel stinkt!« rief Samantha entrüstet. »Nachdem du es für richtig hältst, mit ihm zu reden, bin ich froh, daß du den Treffpunkt wenigstens hierherverlegt hast. Ich werde warten für den Fall, daß du mich brauchst ... wenn es sein muß, mache ich den Mistkerl auch kalt.«

Maggie lachte unwillkürlich. »O Sam, mein Schatz, ich

hab' dich wirklich lieb. Egal, was es ist – zum Schmunzeln kannst du mich immer bringen. Mindestens.«

Samantha sprang lächelnd auf und ging zur Minibar. »Trinken wir einen Wodka on the rocks, bevor wir uns fürs Theater umziehen.«

»Schenk dir einen ein. Ich möchte etwas aus dem Schlafzimmer holen.«

Einen Moment später kehrte Maggie mit einem Päckchen zurück. »Für dich, Sam. Es soll ein kleines Dankeschön für all das sein –« Maggie ließ ihren Blick durch den Salon schweifen. »Aber in erster Linie möchte ich es dir schenken, weil du immer für mich da bist.«

Samantha nahm das Päckchen und riß das Einwickelpapier einfach ab. Zum Vorschein kam ein rotes Samtkästchen. Sie öffnete es: zwei exquisit gearbeitete mehrteilige Ohrringe aus Gold und Malachit.

»O Maggie, wie süß von dir! Genau die Ohrringe, die ich bei dem Juwelier in der Burlington-Passage bewundert habe! Ich danke dir sehr, sie sind hinreißend. Aber du hättest dich nicht in solche Unkosten stürzen sollen.« Samantha ging zu Maggie, umarmte sie und fügte hinzu: »Die Freundschaft mit dir ist für mich das Wichtigste auf der Welt.«

Maggie lächelte liebevoll. »Gemeinsam durch dick und dünn ...«

Als Maggie am nächsten Morgen aufstand, fragte sie sich, warum sie so verkrampft war. Dann fiel es ihr wieder ein. Mike Sorrell würde ins Brown's kommen, um mit ihr zu reden, und sie freute sich kein bißchen darauf.

Sie hatte ihm schlichtweg nichts zu sagen und wollte nicht unbedingt hören, was er ihr meinte sagen zu müssen. Für Maggies Begriffe gab es zwischen ihnen nichts »Unerledigtes«, wie Mike es formulierte. Für Maggies Begriffe war zwischen ihnen alles total und endgültig erledigt. Schon lange.

»Du siehst phantastisch aus!« rief Samantha, als Maggie ein paar Minuten vor neun in den Salon der Suite trat. »Die Rose ist zu ihrer vollen Pracht erblüht, und noch etwas, Maggie. Du wirkst so gesund und glücklich, daß er mit den Zähnen knirschen wird.«

»Das möchte ich bezweifeln«, erwiderte Maggie lächelnd. »Es geht ihm bestimmt sehr gut mit seiner neuen Frau. Wahrscheinlich ist er gerade dabei, wieder eine Familie zu gründen – das wollen diese jüngeren zweiten Frauen doch, oder? Kinder in Hülle und Fülle und ein paar satte Versicherungen für die Zukunft?«

Samantha lachte. »Wer weiß? Und wen kümmert es? Ich habe über dich und Jake nachgedacht, Mag, und ich bin wirklich froh. Es wird gutgehen, das weiß ich einfach.«

Maggie legte die Hand auf ihren Bauch. »Und das Baby?«

»Ich glaube, du tust das Richtige – indem du es bekommst, meine ich. Aber du mußt mir versprechen, daß ich Patin werde.«

»Wer sonst?« Maggie betrachtete sich im Spiegel, zog die Aufschläge ihres marineblauen Gabardine-Hosenanzugs glatt und zupfte den Kragen ihrer weißen Seidenbluse zurecht. »Laß mich zwanzig Minuten mit ihm reden und komm anschließend nach unten und hol mich da raus!«

»Wird gemacht. Wir haben ohnehin um zehn einen Termin bei Keith Skeel im Antiquitätengeschäft.«

»Dann sehen wir uns gleich wieder«, murmelte Maggie und verließ die Suite.

Als sie ein paar Minuten später in der Lounge eintraf, wartete Mike Sorrell bereits auf sie. Er stand auf, um seine Exfrau zu begrüßen, schien plötzlich verlegen, wie wenn er nicht wüßte, ob er sie küssen oder ihr die Hand geben sollte. Am Ende entschied er sich für die zweite Möglichkeit und streckte Maggie seine Rechte entgegen.

Die schüttelte sie rasch und nahm gegenüber von Mike Platz. Sie konnte sich nicht des Gedankens erwehren, daß er müde, mitgenommen und traurig wirkte. Sein Gesicht war von Sorge gezeichnet und schlaff, sein Haar sehr grau, und er machte insgesamt einen lustlosen Eindruck. Er hatte sich nicht gut gehalten, fand Maggie, sah wesentlich älter aus als neunundvierzig. Ein Bild von Jake – zwanzig Jahre jünger als Mike – stieg vor ihr auf. Sie blinzelte, wandte sich ab, wollte nicht, daß ihr Exmann das zufriedene Lächeln sah, das sich plötzlich in ihrem Gesicht zeigte. Womöglich hätte er es falsch aufgefaßt.

Maggie sagte: »Bestellen wir Kaffee, ja?«

»Ich habe zwar schon welchen getrunken, aber ich könnte noch eine Tasse brauchen.« Während er sprach, winkte Mike einem Kellner. Dann wandte er sich Maggie zu und fragte: »Möchtest du etwas essen?«

Sie schüttelte den Kopf.

Als er den Kaffee bestellt hatte, wandte sich Mike erneut Maggie zu und wirkte wieder unsicher.

Sie nutzte die Gelegenheit, um zu fragen: »Wieso wolltest du dich mit mir treffen?«

Mike räusperte sich nervös. »Ich war Ende letzter Woche in New York, auf dem Weg nach London wegen eines Mandanten. Dachte mir, wir könnten uns in Manhattan treffen. Ich bin sicher, Samantha hat dir erzählt, daß ich bei ihr im Studio angerufen habe, als ich dich nicht erreichen konnte.«

»Ja, das hat sie mir erzählt. Aber warum möchtest du mich sehen? Du hast mich vor fast drei Jahren fallenlassen wie eine heiße Kartoffel und dich seitdem kaum bei mir gemeldet. Warum dieser unerwartete Sinneswandel?«

Als Mike stumm blieb, fügte Maggie hinzu: »*Ich* glaube nicht, daß es zwischen uns noch etwas Unerledigtes gibt. Im Gegenteil. Zwischen uns ist alles endgültig und total erledigt.« Maggie lachte unfroh. »Das hast du mir sehr klargemacht, als du mich deiner Kollegin wegen verlassen hast.«

»Sei nicht verbittert, Maggie«, murmelte Mike. »Inzwischen habe ich gemerkt, daß ...«

Maggie schnitt ihm das Wort ab. »Verbittert!« rief sie. »Das bin ich keineswegs. Ich weiß etwas Besseres mit meiner Zeit anzufangen, als daß ich sie verschwende, indem ich deinetwegen verbittert bin, Mike, oder dir nachtrauere. Ich habe noch ein ganzes Leben vor mir, und glaub mir, ich lebe es voll.«

Mike betrachtete seine Exfrau nachdenklich. »Du siehst sehr gut aus ... blühend«, sagte er.

Maggie kam zu dem Schluß, daß dies ein wenig bedauernd klang, und fragte sich kurz, was in Mikes neuem Leben geschah. Allerdings kümmerte es sie nicht richtig, und sie wollte auch nichts Genaueres wissen. Sie sagte: »Hör zu, Mike, ich habe heute vormittag einen Termin bei einem Antiquitätenhändler – das heißt, meine Zeit ist begrenzt. Was ist dies Unerledigte, das du am Telefon erwähnt hast? Kommen wir zur Sache.«

Mike holte tief Luft und sagte: »*Wir,* Maggie. Wir sind das Unerledigte. Wir waren so lange zusammen, wir hatten ein schönes Leben, und wir haben die Kinder ...« Er verstummte, als er sich der Frostigkeit seiner Exfrau bewußt wurde, ihrer verächtlichen Miene.

Maggie erwiderte mit eisiger Stimme: »Willst du mir damit sagen, daß du einen Fehler gemacht hast, Mike?«

»Ja, ich *habe* leider einen Fehler gemacht. Ich hätte

dich nicht verlassen sollen, Liebling. Wir haben so gut zueinandergepaßt. Hatten ein schönes Leben ...«

»*Du* hattest ein schönes Leben«, widersprach Maggie. »Ich nicht. Du warst reichlich egoistisch, unausstehlich egozentrisch, hast im Grunde nie an *meine* Bedürfnisse gedacht, und zur einzigen Zeit in unserer Ehe, als ich glücklich war und es mir gutging bei dieser Firma für Inneneinrichtung, hast du mich genötigt, meinen Job aufzugeben. Weil du es einfach nicht ausgehalten hast, daß ich neben dir noch andere Interessen hatte.«

»Sei nicht so hart, Maggie. *Bitte.*«

Maggie lachte ihrem Exmann ins Gesicht. »Du mieser Typ! Du rangierst mich kaltblütig aus, redest fast drei Jahre kaum ein Wort mit mir, und jetzt kommst du zum Süßholzraspeln vorbei. Was ist? Deine neue Frau wird dich doch nicht etwa verlassen haben?«

Als sich Mike mit wütendem Blick in seinem Sessel zurücklehnte, wußte Maggie, daß sie ins Schwarze getroffen hatte. Sie verkniff sich ein amüsiertes Lächeln und sagte: »Tja. Höchstwahrscheinlich eines jüngeren Mannes wegen. Hab' ich recht?«

Mike Sorrell errötete tief, aber er schwieg immer noch.

Maggie meinte: »Eine paradoxe Umkehrung.«

»Vermutlich«, bestätigte Mike. »Und ja – Jennifer hat mich verlassen. Vor einem knappen halben Jahr hat sie sich – natürlich ohne mein Wissen – mit einem Mann angefreundet. Und inzwischen ist sie mit ihm stiftengegangen. Auf Dauer. Nach Los Angeles. Sie will sich von mir scheiden lassen.«

»Mach dir nichts draus, Mike, damit wirst du schon irgendwie fertig. Ich habe es schließlich auch geschafft.«

»Können wir es nicht noch einmal probieren, Maggie?« bat Mike. »Lassen wir's auf einen Versuch ankommen. Die Kinder sind auch dafür. Und ich brauche dich.«

»Ach ja? Nun, es wird dich vielleicht überraschen, wenn ich dir sage, wie völlig egal es mir ist, daß du mich brauchst. Es kümmert mich auch nicht besonders, was Peter und Hannah finden. Sie haben sich mir gegenüber auf eine unzumutbare Weise benommen. Und darum ist meine Einstellung zu ihnen genau dieselbe wie die ihre zu mir, seit du mich einer jüngeren Frau wegen verlassen hast. Wir wollen doch bitte nicht vergessen, was du getan hast!«

Mike funkelte Maggie an. »Jetzt sei nicht so ressentimentgeladen und verbittert!« rief er. »Ich gebe dir die Chance, noch einmal anzufangen, und du tust so, als würde ich dich zum Selbstmord oder zum Mord auffordern.«

»Passende Worte, sehr passende Worte!« erwiderte Maggie. »Zu dir zurückzukehren wäre wirklich Selbstmord. Und du hast meine Seele jahrelang gemordet, Mike. Die ganze Zeit, die ich dich kenne. Du hast mich nie gewähren lassen, hast mich nie so sein lassen, wie ich bin.«

»Möchtest du als einsame Alte enden, mutterseelenallein auf der Welt?« fragte Mike und hielt inne, als der Kellner mit dem Kaffee kam.

Der Kellner ging, und Maggie antwortete frostig: »Du egozentrischer Idiot. Wie kommst du zu der Annahme, ich sei allein? Tatsächlich bin ich sehr mit jemandem involviert.«

»Ist es ernsthaft?« erkundigte sich Mike. Er konnte den verärgerten Ausdruck nicht aus seinem Gesicht verbannen.

»Ja, sehr ernsthaft. Ich rechne damit, daß wir bald heiraten.«

»Was ist das für ein Mann?«

»Ich glaube kaum, daß dich das etwas angeht. Wir sind

geschieden, vergiß das nicht.« Maggie schob ihren Sessel zurück, stand auf und machte Anstalten, sich vom Tisch zu entfernen. Dann verharrte sie kurz und murmelte: »Auf Wiedersehen.«

Als sie durch die Lounge schritt, sah sie Samantha in der Tür. Maggie hob ihre Hand zum Gruß und lächelte. Sie fühlte sich so frei wie seit Jahren nicht mehr. In ein paar Tagen würde sie erneut bei Jake sein. Dort lag ihre Zukunft.

11

Jake mußte sich immer wieder daran erinnern, daß man in Connecticut nicht einmal achtzig Kilometer in der Stunde fahren durfte, um der Versuchung zu widerstehen, das Gaspedal voll durchzutreten. Er war auf dem Weg zu Maggie, und er konnte das Wiedersehen kaum erwarten.

Sie hatte Jake in dem Moment, da sie, vom Kennedy Airport kommend, in ihrem Haus in Kent eingetroffen war, über den Piepser angerufen, und als er fragte, ob er bei ihr vorbeischauen könnte, sagte sie sofort ja. Er meinte, sie hätte sich glücklich angehört beim Klang seiner Stimme, sogar erregt, und das gefiel ihm. Er hatte sie vermißt; er fragte sich, ob sie ihn auch vermißt hatte.

Zehn Minuten später rollte er auf ihrem Hof aus.

Ehe er den Motor abgestellt hatte, sauste sie aus der Küchentür und rannte die Treppe hinunter. Sie strahlte über das ganze Gesicht.

»Hallo, Liebste!« rief Jake. Er schlug die Tür des Transporters zu und lief Maggie entgegen.

Sie trafen sich in der Mitte des Hofes, und Jake schloß Maggie in seine Arme, hob sie vom Boden hoch und schwang sie im Kreis. Beide lachten, als er sie schließlich wieder auf die Erde stellte.

Jake hielt Maggie auf Armeslänge, blickte ihr ins Gesicht und lächelte breit.

Sie erwiderte sein Lächeln und rief: »Ich kann dir gar nicht sagen, wie du mir gefehlt hast, Jake!«

»Ich weiß. Weil du mir auch so gefehlt hast«, antwortete Jake und zog Maggie wieder an sich, küßte sie tief. Als er angefangen hatte, sie zu küssen, konnte er nicht mehr aufhören. Er überschüttete sie mit Küssen. Ihre Stirn, ihre Augen, ihre Wangen, ihren Hals. »Ich bin so froh, daß du wieder da bist, Maggie.«

»Ich auch. Laß uns ins Haus gehen, Jake.« Maggie legte den Kopf zur Seite und schaute Jake verliebt an. »Ich habe etwas für dich.«

»Ja?« Er betrachtete sie fragend.

Maggie nickte, faßte Jakes Hand und führte ihn ins Haus. Ihre Koffer und eine Einkaufstüte standen noch in der Küche; über den Koffern lag ihr Regenmantel. Maggie griff in die Einkaufstüte und holte ein Päckchen heraus.

Sie drehte sich um, reichte es Jake. Und plötzlich war sie schüchtern, fühlte sich wie ein junges Mädchen.

»Das ist für dich, Jake. Aus Schottland.«

Lächelnd und ein kleines bißchen durcheinander nahm Jake das Geschenk entgegen und starrte es an. »Was ist das?« fragte er schließlich.

Maggie blickte ihm in die Augen. »Mach's auf und schau selbst nach«, antwortete sie.

Jake öffnete das Paket, zog einen Pullover aus dicker cremefarbener Wolle heraus, wie ihn Fischer tragen, und sah Maggie an. »Toll. Du verwöhnst mich, Maggie.«

»Ich hoffe nur, daß er paßt. Ich mußte deine Größe erraten. L, ist das richtig?«

Jake hielt den Pullover vor sich hin und nickte. »Ich bin sicher, daß er sitzt wie angegossen. Danke, Maggie.«

Jake legte den Pullover auf einen Sessel, trat einen Schritt vor, nahm Maggie in die Arme und küßte sie auf die Wange. »Vielen Dank dafür, daß du an mich gedacht hast, als du fort warst ...«

»Ich habe nie aufgehört, an dich zu denken, Jake.«

Die Zärtlichkeit, die sich in ihren Augen spiegelte, verriet ihm, was er wissen wollte. Er beugte sich über sie und küßte sie leidenschaftlich auf den Mund.

Maggie hielt sich an Jake fest, erwiderte seinen Kuß mit derselben Glut, schmiegte sich an ihn, hatte das Bedürfnis, seine Liebe und seine Wärme zu spüren.

Jake lockerte den Griff ein wenig und schaute Maggie ins Gesicht: »Sollen wir nach oben gehen?«

Maggie nickte.

Hand in Hand stiegen sie die Treppe hinauf.

Jake schien, daß ihrer beider Liebe fiebriger und heftiger war denn je. Sie legten hastig ihre Kleider ab und kamen zusammen, von Erregung und Sehnsucht getrieben; sie schienen nacheinander auszugreifen, ihre Gesichter voller Überschwang und Verlangen.

Jake nahm Maggie sofort, auf ihr Drängen hin, und sie war heiß und hingabedurstig und für ihn bereit wie er für sie. Gemeinsam stiegen sie empor, riefen ihre Namen, während sie sich immer höher aufschwangen, verloren an das Wunder, das sie füreinander waren.

Als Jake schließlich gegen Maggie sank, war er erschöpft, fast ausgelaugt. »O Gott, Maggie«, keuchte er. »So war es noch nie. Nicht einmal mit dir.« Er stützte sich auf den Ellbogen und schaute zu ihr herunter.

Sie berührte lächelnd sein Gesicht. »Jake ...«

»Ja, Liebste?«

»Ich liebe dich ... ich liebe dich so ... mehr, als ich je einen anderen Menschen geliebt habe.«

»O Maggie, Maggie.« Jake schlang seine Arme um sie, drückte sie fest an sich. »Seit einer halben Ewigkeit sehne ich mich danach, daß du das sagst. Ich liebe dich auch. Aber das weißt du ja ... ich habe es dir gleich am ersten Abend gesagt.«

»Ich habe genauso empfunden, nur wollte ich mir sicher sein. Meiner eigenen Gefühle, meine ich.«

»Und bist du dir jetzt sicher?«

»*Absolut.*«

»Das freut mich.«

Maggie lag neben Jake, umarmte ihn, ließ sich treiben mit ihren Gedanken. Am Ende gab sie sich einen Ruck und sagte: »Jake, ich habe eine Überraschung für dich.«

»Mhmmm«, murmelte er träge, ohne sich zu rühren.

Maggie wollte sich aufsetzen. Er hielt sie in seinen Armen, ließ sie nicht los. Sie wand sich ein bißchen und sagte: »Einen Moment, Jake. Ich muß dir etwas sagen.«

»Dann tu's.«

»Ich möchte dich ansehen dabei.«

»Oh.« Neugierig geworden, ließ er sie los und setzte sich selbst auf.

Maggie schlang die Arme um ihre Knie und schaute Jake ins Gesicht.

Er betrachtete sie fragend. »Dann sag's mir, Liebste«, bat er.

Maggie lächelte. »Ich bin schwanger, Jake. Ich erwarte ein Baby. Unser Baby.«

Ein glückliches Lächeln verbreitete sich über Jakes Gesicht, und in seinen Augen leuchtete es auf. »Das ist wunderbar. *Ein Baby!* Phantastisch, Maggie. Wirklich.«

»Du freust dich also?« erkundigte sich Maggie.

»Klar. Ich wollte immer schon ein Kind. Das habe ich dir doch gesagt. Wann hast du es gemerkt? Und wann ist es soweit? Wird es ein Junge oder ein Mädchen?« Eine Weile hatte Jake nur Fragen.

Maggie beantwortete jede. Sie genoß seine Erregung und sein Glück, war erleichtert darüber, daß er es so aufnahm.

Später liebten sie sich erneut. »Um das Baby zu feiern«,

flüsterte Jake seiner Maggie ins Ohr. Dann schliefen sie umarmt ein.

Jake wachte ungefähr eine halbe Stunde später als erster auf. Er erhob sich und ging ins Bad, um zu duschen.

Als er, in ein Handtuch gewickelt, ins Schlafzimmer zurückkehrte, zog Maggie gerade einen weiten Morgenrock aus Seide über. Bei Jakes Eintritt drehte sie sich um, und wie immer spürte sie die starke Wirkung, die von ihm ausging ... sein gutes Aussehen, die seelenvollen grünen Augen, die nach der Dusche zurückgekämmten schwarzen Haare erstaunten sie immer wieder. Es gab Momente, da verschlug es ihr den Atem.

»Du starrst mich an«, sagte Jake.

»Ich weiß. Tut mir leid. Es ist eben schön, dich zu sehen.« Ein paar Sekunden war Maggie in Versuchung, ihm von dem Abend zu berichten, an dem sie einander im Kleinen Theater in Kent zum ersten Mal begegnet waren, jenem Abend, da Samantha ihn Tom Cruise genannt hatte. Doch dann ließ Maggie davon ab. Sie wußte, die Geschichte würde Jake nicht behagen. Er mochte es nicht, wenn man von seinem guten Aussehen und seinem wohlgebauten Körper sprach.

Maggie ging schnell durch den Raum. Der Morgenrock bauschte sich hinter ihr. »Ich habe auf dem Weg vom Airport hierher ein paar Kleinigkeiten eingekauft. Zum Abendessen gibt es Steak und Salat. Na, wie hört sich das an?«

»Phantastisch. Ich bin gleich bei dir. Wenn du eine Flasche Perrier aufmachst, können wir es draußen trinken, während ich die Steaks auf dem Grill brate.«

»Abgemacht«, sagte Maggie und verließ das Zimmer.

Als er sein weißes Hemd zugeknöpft, seine Bluejeans und seine Stiefel angezogen hatte, ging Jake nach unten. Er traf Maggie auf der hinteren Terrasse an. Sie saß am

Tisch, die Mineralwasserflasche in einem Sektkühler voller Eis.

Als sich Jake neben ihr niederließ, schenkte Maggie zwei Gläser ein.

Die beiden stießen miteinander an. »Prost!« sagten sie wie aus einem Mund.

Nachdem er einen kräftigen Schluck getrunken hatte, bemerkte Jake: »In Havers Hill läuft alles sehr gut, Maggie – das habe ich dir ja schon bei deinem Anruf neulich gesagt. Und ich weiß, daß Mark und Ralph dir auch Bericht erstattet haben. Trotzdem kann ich es kaum erwarten, daß du morgen mit auf die Baustelle kommst. Du wirst sehr überrascht sein – angenehm überrascht.«

Maggie lächelte. »Ja, bestimmt. Und wahrscheinlich muß ich gleich zweimal hinfahren, am Morgen und am Abend. Ich möchte unbedingt die Außenbeleuchtung bei Dunkelheit sehen. Du hast gesagt, ein Teil davon sei bereits installiert.«

»Aber nur vorläufig. Damit du es besichtigen kannst. Ich habe es so eingerichtet, daß Änderungen möglich sind, wenn es dir nicht gefällt. Meine Leute haben die Leitungen noch nicht unterirdisch verlegt. Das machen wir erst, wenn du deine endgültige Entscheidung getroffen hast.«

»Ich wollte, du wärst mit mir in Schottland gewesen, Jake. Ich habe ein paar wunderschöne Antiquitäten gefunden.«

Maggie und Jake unterhielten sich eine Weile über die Arbeit an Havers Hill. Dann gingen sie in die Küche.

Maggie holte den grünen Salat, den sie zuvor angemacht hatte, aus dem Kühlschrank, stellte ihn samt Tellern auf ein Tablett und legte Messer, Gabeln und Servietten dazu. Jake bestand darauf, es für sie in den Garten zu tragen; Maggie folgte ihm mit der Steakplatte.

»Ich habe selten Glühwürmchen gesehen«, sagte Maggie, indem sie Jakes Arm faßte. »Schau! Da drüben. Die kleinen Lichter, die zwischen den Büschen tanzen.«

»Du hast recht!« rief Jake. »Ich habe sie selbst seit meiner Kindheit nicht mehr gesehen. Als ich vierzehn war. Amy und ich sind oft zu ihrer Tante gegangen ...« Jake brach ab, lehnte sich in seinem Sessel zurück und trank einen Schluck Kaffee, plötzlich stumm und angespannt. Maggie erkundigte sich: »Warum sagst du nichts mehr?«

»Es ist keine besonders interessante Geschichte«, murmelte Jake und stand auf. Er lief die Terrasse entlang, trat auf den Rasen, der sich vor ihr dehnte.

Maggie bemerkte den plötzlichen Stimmungsumschwung, spürte, daß etwas Jake beunruhigte, und so erhob sie sich und ging ihm nach. Sie holte ihn ein, faßte seinen Arm, drehte ihn zu sich.

»Was ist, Liebling?« fragte sie beklommen.

Jake stand da, starrte auf Maggie nieder und schüttelte den Kopf. Unwillkürlich stieß er einen tiefen Seufzer aus. »Ich wollte es dir eigentlich nicht heute sagen. Nicht am ersten Abend, an dem du zurück bist. Ich wollte nur, daß wir Freude daran haben, wieder zusammenzusein. Aber ich muß es dir wohl sagen ...« Jake seufzte erneut, legte seine Hand auf Maggies Schulter und schaute ihr ins Gesicht. »Ich habe schlechte Nachrichten, Maggie.«

Sie starrte ihn an. »Was für schlechte Nachrichten?«

»Es betrifft Amy ...«

»Die Scheidung wird verschleppt, ja?«

»Das nicht. Aber sie verzögert sich.«

»Du hast immer gesagt, Amy wollte sich nur ungern von dir scheiden lassen, und ich kann es ihr natürlich nicht verdenken«, murmelte Maggie. Das war ein ziemlicher Dämpfer für sie nach der Erregung vorhin und dem Abendessen zu zweit.

»Es liegt nicht direkt an ihr«, begann Jake und hielt inne. Er hustete, sagte leise: »Als du fort warst, habe ich von Amy erfahren, daß sie Krebs hat. Eierstockkrebs.«

»O nein, Jake, wie furchtbar! Das tut mir so leid! Ist sie denn in Behandlung?«

»Sie hat diese Woche mit einer Chemotherapie angefangen. Vielleicht wird das Tumorwachstum dadurch gebremst.«

»Hoffen wir's«, meinte Maggie und bewegte sich langsam weiter über den Rasen. Sie wußte, was Jake sagen würde, bevor er es sagte. Sie wußte es, weil sie ihn kannte. Er war ein anständiger Mensch, und er war sensibel und mitfühlend.

Jake holte Maggie ein, legte seinen Arm um ihre Schultern. »Ich muß ihr helfen, so gut es geht, muß für sie tun, was ich kann. Das verstehst du doch, Maggie, oder?«

»Natürlich.«

»Ich kann nicht ausgerechnet jetzt Druck wegen der Scheidung auf sie ausüben.«

»Ich verstehe ...« Maggie unterbrach sich, holte tief Luft und fuhr mit ruhiger Stimme fort: »Kehrst du nach New Milford zurück? Lebst du wieder mit Amy zusammen?«

»Nein, natürlich nicht! Wie kannst du das nur denken?« rief Jake und drehte Maggie so, daß sie ihn anschauen mußte. »Ich liebe dich doch. Ich will dich nicht verlieren. Ich möchte nur, daß du verstehst, ich muß für Amy tun, was ich kann, vor allem finanziell. Sie ist mit bei mir krankenversichert, und das darf ich ihr jetzt nicht nehmen. Wenn wir uns scheiden ließen, bekäme sie kein Tagegeld mehr. Ich muß jetzt für sie da sein. Sie ist wie ein Kind, war immer abhängig von mir. Wenn der Tumor zu wachsen aufhört, werde ich wieder mit ihr darüber reden, daß sie ihren Anwalt aufsuchen soll.«

Maggie preßte die Lippen zusammen und nickte. Sie scheute sich zu sprechen, hatte Angst, etwas Falsches zu sagen. Auch sie wollte Jake nicht verlieren. Das Wasser stieg ihr in die Augen.

Jake sah im matten Abendlicht die Tränen an Maggies dunklen Wimpern, und er nahm sie in die Arme, drückte ihren Kopf an seine Schulter. »Nicht weinen, Liebste. Ich weiß, was du denkst. Du denkst an das Baby.«

»Ja«, flüsterte Maggie, den Mund an Jakes Hemd, das von ihren Tränen naß war.

»Heiratest du mich, Maggie? Sobald wir können?«

»Ja, Jake. Ich liebe dich.«

»Ich dich auch. Ich will dich, und ich will unser Baby. Aber ich muß Amy helfen. Bis es ihr bessergeht. Du verstehst das?«

Maggie nickte. »Ich glaube, wenn du nicht die Art Mann wärst, die du bist, würde ich dich nicht so sehr lieben. Ich werde auf dich warten, Jake. Ich werde warten.«

12

»Ich bin's!« rief Jake, als er die Tür zu Amys Wohnung öffnete. Er bückte sich, hob die Tüten mit Lebensmitteln hoch, die er auf dem Boden abgestellt hatte, und trat in die Diele. Dann lief er zum Wohnzimmer, stand in der Tür. »Hallo, Schatz«, sagte er und lächelte Amy an.

Sie saß auf dem Sofa, sah fern. »Hallo, Jake«, antwortete sie leise und erwiderte sein Lächeln.

»Ich komme gleich zu dir, Amy. Erst bringe ich die Sachen in die Küche.«

Amy nickte und lehnte sich zurück. Es machte sie glücklich, daß Jake da war, aber sie hatte, wie es schien, nicht die Kraft, ihm das zu zeigen.

Jake fand Amy heute extrem blaß und schwächer als sonst, doch er sprach nicht von ihrer Gesundheit. Er eilte in die Küche. Nachdem er die Lebensmittel auf den Tisch gestellt hatte, schaute Jake sich um. In den letzten Wochen hatte Mary Ellis, die Frau von einem seiner Elektriker, die Wohnung saubergehalten. Sie hatte es mehr aus Gefälligkeit und Herzensgüte getan als für das Geld, und Jake war sehr zufrieden mit dem Ergebnis. Die Küche war nicht nur aufgeräumt, sondern blitzblank.

Sobald er alles verstaut hatte, kehrte Jake ins Wohnzimmer zurück und setzte sich Amy gegenüber. »Wie geht es dir?« fragte er, betrachtete prüfend ihr Gesicht und dachte, daß es schmaler sei denn je.

»Ich bin müde, Jake«, antwortete Amy. »Und ziemlich kaputt.«

»Soll ich dir etwas zu essen machen, bevor ich wieder zur Arbeit fahre?«

Amy schüttelte den Kopf. »Ich hab' keinen Hunger ... im Moment habe ich überhaupt nie Appetit. Aber *du* mußt etwas essen.«

»Nein, danke. Ich kann nicht lange bleiben. Ich muß so schnell wie möglich wieder auf die Baustelle. Wir haben ein Kabel zu verlegen. Wann mußt du wieder ins Krankenhaus?«

»Morgen. Meine Mutter bringt mich hin.«

»Was sagt der Arzt? Hat sich schon etwas gebessert?«

»Ich glaube ja. Aber das heißt keineswegs, daß ich nicht sterben werde, Jake. Die wenigsten Menschen überleben Krebs. Das wissen wir doch alle«, murmelte Amy.

»Du darfst nicht negativ sein«, erwiderte Jake freundlich, aber bestimmt. »Und du mußt bei Kräften bleiben. Nicht essen ist mit das Schlimmste, was du tun kannst. Du brauchst etwas Gutes, Nahrhaftes. Warum läßt du dir nichts von mir machen? Ich habe eingekauft im Supermarkt. Lauter Sachen, die du früher gern gemocht hast.«

»Ich habe keinen Hunger, Jake«, begann Amy mit bebender Stimme. Sie hielt inne, holte tief Luft, um etwas zu sagen, und hielt wieder inne. Dann kamen ihr die Tränen, kullerten langsam über blasse Wangen hinunter.

Jake stand sofort auf und setzte sich zu Amy auf das Sofa. Er legte seine Arme um sie, drückte sie an sich. »Du mußt nicht weinen, Amy. Ich habe gesagt, daß ich mich um dich kümmere, und das werde ich wirklich tun. Das kommt schon in Ordnung, es geht dir bestimmt bald besser. Die Chemotherapie durchstehen, durchleiden ist das Härteste. Ich weiß, es schwächt dich, aber letzten Endes wirst du deine Kraft wiedergewinnen. Und wenn es soweit ist, schicke ich dich und deine Mutter wie versprochen auf Urlaub nach Florida.«

Amy schaute Jake wehmütig an. »Kommst du auch mit?« fragte sie.

»Du weißt, daß ich das nicht kann. Ich muß arbeiten. Gerade jetzt darf ich die Zügel nicht schleifen lassen.«

»Trotzdem wollte ich, du könntest mitkommen.«

»Ich weiß. Aber glaub mir, Amy, deine Mutter und du – ihr werdet Spaß haben an dem Tapetenwechsel. Das tut euch beiden mal gut.«

»Jake ...«

»Ja, Schatz?«

»Ich will nicht sterben.« Amy begann erneut zu weinen, schluchzte an Jakes Schulter. »Ich habe Angst. Ich glaube, daß ich bald sterbe. Aber ich will echt nicht, Jake, ich fürchte mich.«

»Ruhig, Amy, ganz ruhig. Reg dich nicht zu sehr auf. Du mußt gelassen bleiben, positiv sein. Alles kommt wieder in Ordnung. Nun beruhige dich.«

Schließlich hörte Amy auf zu weinen, und als sie sich gefaßt hatte, erhob sich Jake, ging in die Küche, stellte den Kessel auf das Feuer und kochte Tee. Er brachte ihn Amy auf einem Tablett, saß eine Weile bei ihr und redete mit ihr, wollte ihre Kümmernisse und Ängste zerstreuen, hoffte, daß er ihr helfen konnte, sich wohler zu fühlen.

Jake war mit seinen Gedanken bei Amy, als er nach South Kent fuhr. Er tat, was er konnte, um ihr zu helfen, aber sie mußte sich auch selbst helfen. Ihr Arzt hatte Jake gesagt, eine positive Einstellung könne Wunder wirken, und viele Menschen hätten ihren Krebs dadurch in den Griff bekommen. Jake wußte nur zu gut, wie negativ Amy war; er hätte ihr gern verständlich gemacht, daß es jetzt sehr wichtig für sie war, Zuversicht zu entwickeln, sich Genesung zu geloben und alles einzusetzen, was in ihrer Macht stand, um dieses Ziel zu erreichen. Doch sie war negativer denn je, apathisch und trübsinnig. Jake tat wirklich alles, was er konnte, von der finanziellen Unterstützung und den Einkäufen bis dahin, daß er kam, sooft es ging, mit Amy zusammensaß und wenigstens versuchte, sie aufzuheitern.

Als er bei der Havers Hill Farm eintraf, hatte sich Jake für ein Gespräch mit Amys Mutter entschieden. Vielleicht konnte sie bei ihrer Tochter mehr ausrichten als er.

Nachdem Jake den Transporter geparkt hatte, ging er in die Küche, ehe er nach Kenny und Larry schaute, die an den Außenleitungen arbeiteten.

Maggies Aktenmappe stand auf dem Boden, und ihre Papiere lagen wie meistens auf dem alten Küchentisch ausgebreitet, aber sie selbst war nirgends zu sehen. Jake rannte die Treppe hinauf und traf Maggie im großen Schlafzimmer an, wo sie eine Wand vermaß.

Als Maggie seine Schritte hörte, drehte sie sich um und strahlte. Sie kam auf ihn zu. »Guten Morgen!« rief sie.

Jake lächelte breit, und er war so versessen darauf, Maggie in die Arme zu nehmen, daß er ihre umwölkte Stirn, den Kummer in ihren Augen nicht bemerkte. Sie wußte, mit wie vielen Bällen er jonglierte – das Geschäft, seine kreative Arbeit, Amys Krankheit und sie selbst, Maggie ... Daß er erschöpft war, lag auf der Hand.

Jake zog Maggie an sich und fragte: »Wie geht es dir? Wie geht es dem Baby?«

Maggie lächelte zu ihm auf. »Gut, und jetzt geht es uns noch besser, weil du da bist. Warst du bei Amy?«

»Ja. Ich habe für sie eingekauft.«

»Wie fühlt sie sich, Jake?« erkundigte sich Maggie. Ihre Augenbrauen wölbten sich besorgt empor.

Jake schüttelte den Kopf. »Nicht besonders. Sie ist ziemlich deprimiert.«

»Wer kann ihr das verdenken? Wie furchtbar für sie, so krank zu sein. Dabei ist sie noch so jung. Das ist sehr traurig, sehr beunruhigend.«

»Ich wollte, sie hätte deinen Mut, deine positive Art, Maggie. Das wäre sehr hilfreich, glaube ich.«

Maggie nickte und löste sich aus Jakes Armen. »Komm, ich möchte dir etwas zeigen.« Sie wechselte mit voller Absicht das Thema, wollte Jake ablenken, aufheitern, da er heute anscheinend von Amys Verdrossenheit angesteckt war.

Maggie nahm ihn bei der Hand, führte ihn nach unten ins Eßzimmer. »Gestern ist der Tisch von dem Antiquitätenhändler aus New York gekommen. Schau ihn dir an.« Während Maggie sprach, zog sie die Staubdecke ab, bewunderte den Tisch erneut.

»Was für schönes Holz!« rief Jake. »Und es ist ein altes Stück, das sieht man gleich.«

»Frühes neunzehntes Jahrhundert. Eibe«, erklärte Maggie.

Jake blickte in die Runde. »Dieser Raum nimmt allmählich Gestalt an«, bemerkte er und ging zur Wand, wo Maggie mehrere Stoff- und Teppichmuster angeklebt hatte. Auch eine Anstrichprobe war da. Jake zog eine Augenbraue hoch. »Tomatenrot?« fragte er verwundert.

Maggie lachte. »Das ist richtig. Ketchuprot mit einem kleinen Löffel Sahne. Avocadogrüner Teppichboden ... so weit bin ich bis jetzt mit Farbmöglichkeiten gekommen.«

Jake lachte ebenfalls, sehr zu Maggies Erleichterung. Zumindest war es ihr gelungen, ihn ein paar Minuten von Amys Krankheit abzulenken.

Jake sagte: »Mir ist etwas aufgefallen in letzter Zeit.

Wenn du von Farben sprichst, dann immer im Zusammenhang mit Nahrungsmitteln.«

»Ich bin schwanger, vergiß das nicht. Ich habe allerlei Gelüste.«

»Daran brauchst du mich nicht zu erinnern, das vergesse ich nie.« Jake beugte sich über Maggie, küßte sie auf die Wange. »Ich gehe jetzt raus zu den Jungs. Was hältst du von einem Abendessen bei mir? Wenn du willst, füttere ich dich.«

»Abgemacht«, antwortete Maggie lächelnd.

13

»Hörst du mir überhaupt zu, Amy?« fragte Jane Lang. Sie schaute aus dem Augenwinkel rasch nach ihrer Tochter, denn sie wollte den Blick nicht von der Straße abwenden, die vor ihr lag.

»Ja, Mom, ich höre dir zu. Du hast gesagt, Jake findet, daß ich eine negative Einstellung habe, was meinen Krebs betrifft.«

»Richtig«, murmelte Mrs. Lang. »Er findet, es wäre besser für dich, wenn du mehr aus dem Haus gehen, etwas *unternehmen* würdest zu Zeiten, in denen du dich einigermaßen wohl fühlst und schmerzfrei bist. Hast du jetzt Schmerzen, Amy?«

»Nein, Mom. Ich weiß nicht, was er mit *unternehmen* meint. Wir haben echt nicht viel unternommen, als wir verheiratet waren. Er hat immer nur gerackert wie verrückt – für mich ist der Mann schlichtweg arbeitssüchtig.«

»Was soll das heißen – als wir verheiratet *waren*? Du bist nach wie vor mit ihm verheiratet, Amy, das wollen wir nicht vergessen. Ich bin sicher, wenn du dich auf Jake konzentrieren würdest, könntet ihr wieder zusammenkommen. Er liebt dich, mein Engel, und ich weiß, daß du ihn liebst – eure Trennung war ausgemachter Blödsinn. Jake ist so nett. Ich habe ihn immer gemocht, schon als ihr Kinder wart.«

»Ich glaube kaum, daß er zu mir zurückwill, Mom.«

»Jetzt bedenke doch, wie er sich um dich kümmert,

Amy. Er unterstützt dich finanziell, tut alles mögliche für dich, holt beispielsweise diese Frau ins Haus, die dir hilft, bezahlt sie. Und er kauft für dich ein. Er liebt dich, da bin ich ganz sicher.«

»Oh, vielleicht tut er es nur aus Nettigkeit. So ist er nun mal.«

»Wie, mein Engel?«

»*Nett,* Mom. Jake ist immer freundlich zu mir gewesen. Schon als wir zusammen auf der High-School waren«, antwortete Amy, und es klang ein wenig ungeduldig.

»Du hast mir nie gesagt, *warum* ihr euch getrennt habt, Jake und du, *warum* ihr beschlossen habt, euch scheiden zu lassen. Was genau war der Grund dafür?« fragte Mrs. Lang.

»Um ehrlich zu sein – ich weiß es nicht, Mom. Ich nehme an, wir haben uns auseinandergelebt ...« Amy verstummte. Sie wußte tatsächlich nicht, wie das ganze Chaos entstanden war.

»Aber du kannst versuchen, ihn zurückzugewinnen! Dann hast du ein Ziel ... du mußt dich sehr anstrengen, Amy, mußt mit vollem Herzen dabei sein, deine Seele ins Spiel bringen. Ihr habt immer gut zusammengepaßt, Jake und du. Es ist eine Schande, daß es vorbei sein soll.« Mrs. Lang seufzte und bremste dann, als sie in eine schwierige Kurve einbog. Die Straße war ziemlich glatt. »Es ist auch eine Schande, daß ihr keine Kinder habt. Ich weiß nicht, warum du nie welche eingeplant hast, Amy ...«

Amy fiel ihrer Mutter ins Wort und rief: »Nur gut, daß ich es gelassen habe! Ich sterbe bald. Und wenn ich nun Kinder hätte – was würde dann aus ihnen? Sie wären doch praktisch Vollwaisen, wenn ihre Mutter mit neunundzwanzig an Krebs stirbt und ihr Vater nie zu Hause ist, weil er Tag und Nacht arbeitet!«

»So darfst du nicht sprechen, Amy, das regt mich auf. Du stirbst keineswegs bald. Dr. Stansfield hat mir gesagt, daß du dich gut hältst.«

»Wann, Mom? «

»Heute nachmittag, als du dich angezogen hast. Er findet, daß du wunderbare Fortschritte machst.«

»Ich habe nicht den Eindruck«, murmelte Amy. »Ich bin schmerzfrei, aber ich fühle mich mies, Mom. Echt mies. Ich habe das Tante Violet gesagt, als ich heute abend in der Küche war – sie hat Hamburger gemacht, du weißt schon. Und sie hat mir einen Wodka angeboten, hat gemeint, danach würde ich mich besser fühlen.«

»Also, manchmal ist diese Frau unmöglich!« rief Mrs. Lang.

»Sie ist deine Schwester, Mom.«

»Aber wir sind so verschieden wie Tag und Nacht.«

»Das glaube ich auch.«

»Nun, und ich *weiß* es. Wie auch immer, nächsten Monat reisen wir nach Florida, mein Engel. Es wird dir sehr gefallen. Jake hat es heute vormittag wieder erwähnt, als er mich anrief. Weißt du noch, wie dein Vater mit uns nach Florida gefahren ist? Du warst sechs Jahre alt damals. Und so begeistert.«

»Vielleicht sehe ich Mickymaus, bevor ich sterbe«, murmelte Amy.

»Sag so etwas nicht, Amy, bitte nicht«, flüsterte Mrs. Lang.

»Tut mir leid, Mom, aber ich möchte Micky echt gern begegnen.«

»Du mußt nur warten, bis wir in Disneyland sind«, sagte Mrs. Lang. Sie schaute geradeaus. Es herrschte feuchtes Wetter an diesem Abend, doch der Regen hatte aufgehört. Mrs. Lang wußte, daß Amy müde war und nach Hause wollte, und so setzte sie, ungeduldig mit dem gemächlich dahinrollenden Toyota, den sie vor sich hatte, zum Überholen an.

Sie sah nicht das Fahrzeug, das auf der anderen Spur der Landstraße auf sie zukam. Geblendet von dessen grellen Scheinwerfern, nahm Jane Lang eine Hand vom Lenkrad, um ihre Augen abzuschirmen, und dabei verlor sie die Kontrolle über ihr Auto. Ein wenig nur, aber sie hatte keine Chance. Der entgegenkommende Lastwagen, der noch schneller fuhr als sie, stieß frontal mit ihr zusammen.

Amy hörte ihre Mutter schreien, hörte das Splittern von Glas. Sie spürte die Wucht des Zusammenpralls, wurde nach vorne und nach hinten geschleudert wie eine hilflose Flickenpuppe.

»Mom«, sagte Amy, ehe sie das Bewußtsein verlor.

Amy war plötzlich und unerklärlicherweise außerhalb des Autos, schwebte darüber in der Luft, direkt vor der Windschutzscheibe. Im Wageninneren sah sie ihre Mutter, vom Lenkrad gegen den Fahrersitz gedrückt. Und sie selbst war auch da, saß neben ihrer Mutter auf dem Beifahrersitz. Oder zumindest ihr Körper. Amy merkte, daß ihre Mutter und sie bewußtlos waren.

Unter ihr befanden sich jetzt andere Leute. Sie liefen nervös herum. Der Fahrer des Lkws, der mit dem Wagen von Amys Mutter zusammengestoßen und unverletzt geblieben war; andere Fahrer, deren Autos sich wegen des Unfalls stauten. Dann hörte Amy Sirenen und sah die Ankunft von zwei Polizisten mit ihren Motorrädern.

Ich sterbe, dachte Amy. Nein, ich bin tot. Bin bereits gestorben und habe meinen Körper verlassen. Sie konnte diesen Körper sehen. Amy schwebte über sich selbst und blickte auf die leere Hülle nieder.

Sie hatte keine Angst. Es störte sie auch nicht, daß sie

tot war. Tatsächlich war sie sehr, sehr glücklich, frei von Schmerzen und Traurigkeit, sorglos.

Plötzlich wurde Amy angesogen wie von einem riesigen Schlauch. Sie war in diesem Schlauch. Und sie entdeckte, daß es sich nicht um einen Schlauch handelte, sondern um einen langen Tunnel. Eine gewaltige Kraft riß sie in den Tunnel hinein. Es bestürzte sie nicht.

Am Ende des Tunnels sah sie einen winzig kleinen Lichtpunkt. Als sie ihren Weg fortsetzte, sich rasend schnell auf das Licht zubewegte, wurde es größer und heller. Bald tauchte Amy aus dem Tunnel auf. Sie blinzelte, um ihre Augen an das Licht zu gewöhnen. Es war ein prächtiges Licht. Amy war von ihm umgeben, eingehüllt in seinen Glanz und seine Wärme. Das Licht umarmte sie, machte sie unbeschwert, heiter. In ihrem ganzen Leben hatte Amy keine solchen Gefühle erfahren: Ruhe und Frieden und vorbehaltlose Liebe. Sie kamen von diesem allumfassenden Licht. Amy sonnte sich darin.

Sie schwebte, hatte ihren mit Mühsal behafteten menschlichen Körper verlassen. Und sie erkannte, daß sie in eine andere Welt eingetreten war, in eine neue Dimension, und daß sie reiner Geist war. Bald wurde sich Amy anderer Geister bewußt, die im strahlenden Licht schwebten. Sie schickten ihr Liebe und Wärme, ohne zu sprechen, aber irgendwie war eine Verständigung da. Amy erwiderte diese zärtlichen Gefühle und wußte, daß die anderen Geister es freundlich aufnahmen.

Das Licht wandelte sich. Regenbogenfarben tönten es. Ein anderer Geist näherte sich, und Amy erkannte, daß sie nun begleitet, freundlich zu einem Ziel geführt werden sollte. Niemand brauchte es ihr zu sagen, sie wußte, dieser Geist war eine alte Seele namens Marika. Und Marika veranlaßte Amy nun sacht dazu, daß sie sich weiterbewegte.

Das Licht wurde milder, verlor seine Härte. Amy ließ es hinter sich und kam in die schönste Landschaft, die sie je gesehen hatte. Es war ein Ort ohne Makel, schiere Vollkommenheit, das Paradies. Und es war ein Ort ohne Schmerzen, erfüllt von Reinheit und Güte.

Die Landschaft, in der Amy schwebte, bestand aus grünen Weiden, blumenreichen Lichtungen, bewaldeten Hängen oberhalb eines glitzernden blauen Sees. Umgeben wurde dieses pastorale Idyll von Bergen mit schneeigen, leuchtenden Gipfeln, und alles war in goldenes Sonnenlicht getaucht.

Über den Lichtungen bewegten sich viele Geister. Irgendwie wußte Amy, daß sich dort alte Seelen unter jüngere mischten. Und dann sah sie ihn. Ihren Vater. Bei seinem Anblick stockte ihr der Atem. Sie wußte, daß er es war. Und obwohl er reiner Geist, lautere Essenz war wie sie, spürte Amy das Strömen jener besonderen Liebe von ihm zu ihr. Es war genau dieselbe Liebe, an die sie sich von ihrer Kindheit her erinnerte.

Nun spürte Amy, wie die Seele ihrer Mutter auf die ihres Vaters zuschwebte. Jane Langs Aura war strahlend, abgehoben von dem zerquetschten Leib, den Amy hinter dem Lenkrad des verunglückten Autos gesehen hatte. Ihre Eltern kamen zueinander und näherten sich ihr. Sie sprachen mit ihrer Tochter. Obwohl keine Worte im eigentlichen Sinn gebraucht wurden, verstand Amy alles. Ihre Eltern sagten, wie sehr sie sie liebten. Sie sagten, sie würden auf Amy warten, doch für eine Weile müsse sie wieder zurück. *Deine Zeit ist noch nicht gekommen,* sagte Jane Lang. *Es war meine Stunde, Amy, nicht deine. Noch nicht.* Die große Liebe ihrer Eltern hüllte Amy ein, und sie fürchtete sich nicht; sie war glücklich.

Marika, die alte Seele, die Amy begleitete, erklärte, sie müßten jetzt weiter. Bald schwebten sie wieder durch das helle Licht und gelangten in eine Höhle aus Kristall, die in machtvollem Glanz erstrahlte.

Amy merkte sofort, daß sie sich in Gegenwart zweier Frauen befand, die uralte Seelen von großer Weisheit waren, und daß ein Teil dieser Weisheit an sie, Amy, weitergegeben werden sollte. Marika sagte ihr, sie werde alles verstehen, werde das Universum begreifen, die Bedeutung des Ganzen.

Die Höhle übertraf jede Vorstellungskraft; sie bestand aus kristallinen Felsformationen und gewaltigen Stalaktiten, die im weißen Licht glitzerten und Hunderttausende farbiger Prismen erstrahlen ließen, von Hellgelb bis Rosenrot und Blau.

Amy sah klarer denn je. Sie sah ihr vergangenes Leben, sah sich selbst und begriff sofort, warum sie in ihrer irdischen Existenz gescheitert war. Es lag an ihrer negativen Art, ihrer Apathie, und sie verstand, daß sie vieles verschleudert, besondere Talente, die ihr gegeben waren, nicht genutzt hatte. Die beiden weiblichen Seelen erklärten es ihr. Amy war zerknirscht, und es tat ihr leid.

Dann sah sie Jake. Sie sah ihn in diesem Moment, als sei er bei ihr. Doch er war es nicht. Er war in irgendeinem Zimmer, war dort gemeinsam mit einer Frau, die ihm am Herzen lag. Einer Frau, die er liebte. Innig liebte. Amy erkannte die Wärme zwischen den beiden. Und sie begriff Jakes Leben. Sie sah ihn in der Vergangenheit, Gegenwart und Zukunft. Sie überblickte sein ganzes Dasein, als würde es auf einem Film abgespielt.

Nun übermittelte Marika etwas, sagte, Amy müsse weiter, müsse gehen, aber Amy wollte nicht. Sie wehrte sich. Sie wollte bleiben. Plötzlich wirbelte es sie aus der Höhle heraus.

Marika forderte sie mit freundlicher Bestimmtheit auf, in den Tunnel zurückzukehren. Amy wollte immer noch nicht, leistete Widerstand. Sie sehnte sich danach, in diesem Paradies zu verweilen, wo es nur Frieden und Glück und vorbehaltlose Liebe gab. Doch Marika duldete es nicht. Sie sagte, Amy müsse zurück.

Amy raste den Tunnel entlang, bewegte sich durch Dunkelheit, verließ die leuchtende Dimension, verließ das Licht.

Plötzlich empfand sie einen heftigen Stoß, und nun war sie wieder auf der irdischen Ebene, schwebte erneut über dem zerstörten Auto ihrer Mutter mit den beiden darin gefangenen Körpern.

Amy sah den Lkw-Fahrer und die anderen Fahrer und die Polizisten in der Nähe des Autos stehen. Und dann kam ein Krankenwagen, bremste, hielt an. Amy beobachtete, wie ihre Mutter aus dem Auto geholt wurde. Schließlich hoben die Sanitäter ihren eigenen Leib heraus und legten ihn auf eine Bahre.

Mit einem furchtbaren Ruck kehrte Amy in ihren Körper zurück.

Dann öffnete sie die Augen. Und schloß sie wieder. Sie war so müde, so erschöpft. Der Kopf tat ihr weh, ein entsetzlicher Schmerz, als hätte jemand mit einem Hammer brutal auf ihre Stirn eingeschlagen. Sie verlor das Bewußtsein.

Amys Tante, Violet Parkinson, und deren Tochter Mavis wichen kaum von Amys Seite, als sie im Krankenhaus von New Milford lag. Wenn Jake kam, konnte er nicht lange bleiben, weil er arbeiten mußte, aber er machte sich Sorgen um Amy, bangte vor allem ihrer Reaktion entgegen, wenn sie das Bewußtsein wiedererlangte und erfuhr, daß ihre Mutter bei dem furchtbaren Autounfall gestorben war.

Auch Amys Blessuren beunruhigten Jake. Sie hatte

böse Schnittwunden und Prellungen, und die Ärzte glaubten zwar, sie hätte keine inneren Verletzungen, aber sie lag im Koma.

Nun, am Abend des dritten Tags nach dem Unfall, saß Jake im Krankenhaus an Amys Bett und hielt ihr die Hand. Sie waren allein. Jake hatte Mavis und Tante Violet nach unten geschickt, damit sie Kaffee tranken und ein paar Sandwiches aßen, denn sie hatten den ganzen Tag in Amys Nähe verbracht.

Eine Weile ließ Jake seine Gedanken schweifen. Er beschäftigte sich mit komplizierten Schaltkreisen für die Farm, dachte einen Moment an Maggie und blickte verdutzt auf, als Amy »Ich habe Durst« sagte.

Sofort wandte er ihr seine Aufmerksamkeit zu und rief: »Amy, mein Schatz! Gott sei Dank! Du bist wach!«

»Ich war an einem anderen Ort, Jake«, begann Amy im Flüsterton. »Ich möchte dir davon erzählen.«

Jake nickte. »Man kann sicher behaupten, daß du woanders warst, Amy. Drei Tage lang nicht bei Bewußtsein. Hast du etwas von Durst gesagt? Ich hole dir Wasser.«

»Jake!«

»Ja, Amy?«

»Meine Mutter ist tot.«

Jake war so verdutzt, daß er Amy mit offenem Mund anstierte und keinen Ton herausbrachte.

»Versuch nicht, mich zu schonen und mir weiszumachen, daß sie noch lebt – ich *weiß*, daß sie tot ist.«

Jake, der aufgestanden war, beugte sich über Amy und schaute sie verwundert an. »Ich hole dir jetzt Wasser und sage dem Arzt, daß du wieder bei Bewußtsein bist – okay, Schatz?«

»Ich bin auch gestorben, Jake, aber ich bin wiedergekommen. Deshalb weiß ich, daß meine Mutter tot ist. Ich habe ihre Seele bei der Seele meines Vaters gesehen.«

Jake nahm erneut auf dem Stuhl Platz und fragte behutsam: »Wo, Amy?«

»Im Paradies, Jake. Es ist wunderschön dort. Lichtdurchflutet. Es würde dir gefallen. Licht hat dich doch immer fasziniert.«

Jake war sprachlos. Er saß einfach da und hielt Amys Hand, wußte nicht, was er sagen sollte, war völlig verwirrt von ihren Worten.

Amy seufzte leise. »Meine Mutter hat dort Geborgenheit gefunden. Und sie ist jetzt glücklich, weil sie mit meinem Vater zusammen ist. Er hat ihr immer gefehlt, das weißt du.«

»Ja«, bestätigte Jake, immer noch um Worte verlegen. Er fragte sich, ob Amy auf Grund der Medikamente so redete. Die Ärzte hatten ihr etliche Spritzen gegeben, wenn er auch nicht genau wußte, welche. Amy war so ruhig, so gefaßt, und das fand Jake ein wenig widersinnig. Er kannte Amy den größten Teil seines Lebens, und er hatte nie damit gerechnet, daß sie sich nach dem Tod ihrer Mutter *so* verhalten würde. Die beiden hatten einander immer sehr nahegestanden, und warum Amy jetzt nicht völlig außer sich war, vermochte Jake nicht zu sagen. Vielleicht lag es wirklich an den Medikamenten. Hatte Amy nicht eben behauptet, sie sei selbst gestorben, aber wiedergekehrt?

Als könnte sie seine Gedanken lesen, bemerkte Amy ruhig: »Ich bin tatsächlich gestorben, Jake. Glaub mir.« Er starrte sie stirnrunzelnd an.

Amy seufzte. »Ich bin müde. Ich möchte jetzt schlafen.«

»Ich hole den Arzt, Amy.« Jake entzog ihr seine Hand und erhob sich, ging zur Tür. »Und ich sage der Schwester, daß sie dir einen Schluck Wasser geben soll.«

»Danke, Jake.«

Er nickte und verließ das Zimmer.

»Es war unheimlich«, sagte Jake ruhig und blickte Maggie intensiv an. »Als Amy heute abend endlich aus dem Koma erwacht ist, hat sie mir erzählt, ihre Mutter sei tot. Sie war nicht hysterisch, wie ich mir gedacht hatte, sondern gelassen. Völlig gefaßt.«

Jake schüttelte den Kopf und trank einen Schluck von seinem Bier. »Sie hat noch etwas Seltsames gesagt.« Er zögerte.

»Was?« erkundigte sich Maggie.

»Sie hat gesagt, ihre Mutter sei bei ihrem Vater. An einem anderen Ort. Auch sie sei an diesem Ort gewesen ... im Paradies, so hat sie es genannt. Ich habe auf dem ganzen Weg vom Krankenhaus hierher über ihre Worte nachgedacht. Woher wußte Amy, daß ihre Mutter bei dem Unfall gestorben ist, Maggie? Sie lag doch im Koma.« Jake atmete tief aus. »Das stellt mich vor Rätsel.«

Maggie lehnte sich in ihrem Sessel zurück und betrachtete Jake. Dann meinte sie: »Vielleicht wußte Amy, daß ihre Mutter gestorben ist, weil sie sie tatsächlich an einem anderen Ort gesehen hat – genau wie sie behauptet.«

»Ich kann dir nicht ganz folgen«, antwortete Jake und schaute Maggie fragend an.

»Möglicherweise hatte Amy ein TNE.«

Jake zog die Augenbrauen hoch. »Was heißt TNE?«

»Todesnäheerlebnis. In den letzten Jahren ist viel darüber geschrieben worden. Elisabeth Kuebler-Ross, eine Sozialwissenschaftlerin, die in Chicago gearbeitet hat, schrieb einen Artikel über Todkranke, als sie beim Billings Hospital der University of Chicago angestellt war. Er wurde die Grundlage für ihr Standardwerk über den Tod und das Sterben, das ich faszinierend fand. Sie hat noch eine Reihe von anderen Büchern geschrieben und scheint zu glauben, daß es Todesnäheerlebnisse gibt. Das glauben viele Menschen. Auch Ärzte. Einer von ihnen, Raymond Moody, hat das Phänomen als erster geschildert, zunächst noch unsystematisch. Ein weiterer Experte ist Melvin Morse. Auch er hat mehrere Bücher über Todesnäheerlebnisse verfaßt.«

»Du meinst also, Amy hat die Wahrheit gesagt?«

»Das ist gut möglich ... sogar sehr wahrscheinlich.«

»Wie erklärt man das TNE, Maggie?«

»Ich kann es dir nicht erklären, Jake ... weil ich nicht genug weiß«, murmelte Maggie. »Es gibt aber ein paar gute Bücher zum Thema, und vielleicht solltest du eines davon lesen.« Maggie beugte sich ein wenig vor, sah Jake in die Augen und fuhr fort: »Hat Amy den Ort beschrieben, an dem sie war?«

»Nein. Sie hat nur gesagt, es sei sehr schön gewesen.«

»Hat sie von Licht gesprochen?«

»Ja. Woher weißt du das?«

»Licht, strahlend helles Licht, spielt immer eine Rolle bei Todesnäheerlebnissen. Die Menschen haben das Gefühl, sie würden von diesem Licht umarmt. Manche meinen sogar, sie würden von ihm verwandelt.«

»Amy hat gesagt, es würde mir an diesem Ort gefallen, weil er von Licht durchflutet sei.«

»Sonst noch etwas?«

»Nein, ich glaube nicht.«

»Und wann genau hat sie dir das gesagt?«

»Kurz nachdem sie aus dem Koma erwacht ist.«

»Dann hatte sie wohl wirklich ein Todesnäheerlebnis. Gewiß hatte sie nicht genug Zeit, so etwas zu erfinden. Es heißt, Koma oder tiefe Bewußtlosigkeit wirke wie ein Schwamm, wische sozusagen das Gedächtnis rein.«

»Okay, sagen wir, Amy hatte ein TNE. Was bedeutet das genau? Für sie, meine ich.«

»Zum einen wird sie dieses Erlebnis kaum vergessen. Das tun Menschen, die ein TNE hatten, nie – das Erlebnis bleibt ihnen für den Rest des Lebens. Natürlich sind sie darüber so verblüfft wie alle anderen, und meistens suchen sie nach besonderen Bedeutungen hinter dem TNE. Es verändert die Menschen ... die Begegnung mit dem Tod und der Einblick ins Leben nach dem Tod haben eine nachhaltige Wirkung.«

Jake musterte Maggie grüblerisch. »Du scheinst doch eine ganze Menge von Todesnäheerlebnissen zu verstehen«, murmelte er.

»Nun, ich selbst hatte noch keines, aber ich habe mit Leuten gesprochen, die eines hatten. Als ich in Chicago lebte, habe ich viel im karitativen Bereich getan und unter anderem über vier Jahre an mehreren Nachmittagen in der Woche in einem Hospiz für unheilbar Kranke gearbeitet. Dort habe ich zum ersten Mal von Todesnäheerlebnissen gehört. Die Menschen haben mir davon berichtet, und das Entscheidende ist, daß sie ungeheuren Trost daraus schöpften.«

»Du glaubst also, daß es so etwas gibt?«

»Ich nehme es an, Jake. Jedenfalls bestreite ich es nicht von vornherein. So arrogant bin ich nicht. Es wäre töricht, solche Dinge in Bausch und Bogen abzutun. Wie kann man Todesnäheerlebnisse pauschal als Unsinn bezeichnen? Oder den Glauben an ein Leben nach dem Tod? Oder die Idee der Wiedergeburt? Keiner von uns weiß etwas. Zumindest nichts wirklich Verläßliches. Es gibt zu viele unerklärte Phänomene auf dieser Welt. Und ich wäre der letzte Mensch, der behauptet, das Übersinnliche würde nicht existieren. Oder es könnte sich nicht ereignen. Ich stehe diesen Dingen aufgeschlossen gegenüber.«

»Amy liest nicht viel«, warf Jake ein. »Ich bin also sicher, Maggie, daß sie aus Büchern nichts über Todesnäheerlebnisse weiß.«

Maggie nickte. »In den letzten Jahren ist im Fernsehen einiges über Todesnäheerlebnisse gelaufen, aber ich bin überzeugt davon, Amy hatte eines. Ich glaube keine Sekunde, daß sie es sich bloß ausgedacht hat.«

»Warum sagst du das?«

»Nach dem zu schließen, was du mir von ihr erzählt hast, Jake, hat Amy gar nicht die Phantasie, sich so etwas auszudenken.«

»Das stimmt«, bestätigte Jake. Er lehnte sich in seinem Sessel zurück und gähnte verstohlen.

Maggie rief: »O Jake, du bist so müde nach deinem Besuch im Krankenhaus! Ich glaube, du solltest jetzt schlafen gehen. Du brauchst Ruhe, du mußt morgen ziemlich früh aus dem Bett. Wir haben die Besprechung auf der Farm ...«

Jake nickte. »Ich bin ganz schön kaputt. Aber Gott sei Dank sind wir durch mit den Plänen. In letzter Zeit kam einem das alles so endlos vor.«

Maggie lachte. »Nur zu wahr. Aber ist Havers Hill jetzt nicht wirklich ein Prachtstück?«

»Doch, ganz gewiß – und das liegt an dir, meine Maggie.«

14

Es war ein goldener Oktobertag. Ein schimmernder Tag. Das Laub hatte sich verfärbt, und die Bäume waren ein Meer aus Kupfer und Gold, aus Rost- und Rosenrot, leuchtend im hellen Sonnenschein.

Amy hatte den Blick auf diese Augenweide von Landschaft hinter Jakes kleinem Haus an der Route 341 gerichtet und dachte, wie prächtig alles aussah. So atemberaubende Farben, eine solche Feuerglut in den Bäumen. Und der Himmel tiefblau und völlig wolkenlos. Der Tag war so mild, daß sie ohne Jacke im Freien sitzen konnte – die hatte sie vorhin ausgezogen, als Jake und sie zu Mittag aßen.

Amy legte ihren Kopf gegen die Sessellehne und machte die Augen zu, genoß die Wärme der Sonne in ihrem Gesicht. Sie war entspannt, hatte ein friedliches Gefühl.

Früher in der Woche hatte Jake sie gefragt, was er tun könnte, damit sie sich besser fühlte, und Amy hatte gesagt, sie sehnte sich nach einem Picknick auf dem Land. Es war seine Idee gewesen, sie hierherzuholen in sein weißes Holzschindelhaus, und sie war froh darüber. Schön zu sehen, wo er wohnte, nun da sie nicht mehr zusammen waren. Amy mochte auch seinen Garten mit den stattlichen Bäumen, den hübschen Beeten und den Weiden dahinter. Jake hatte für sie eine kleine Führung durch seine rote Scheune – Atelier und Werkstatt zugleich – veranstaltet, und das hatte Amy so gut gefallen wie alles andere.

Als sie seine Schritte auf dem Weg hörte, öffnete sie die Augen und setzte sich auf.

Jake sagte: »So, mein Schatz, jetzt gibt es Eis und Apfelkuchen – genau wie du's dir gewünscht hast.«

Amy lächelte. »Du verwöhnst mich. Und ich genieße es. Jede Minute.«

Jake stellte das Tablett auf Amys Schoß. »Was möchtest du trinken? Tee oder Kaffee?«

»Tee bitte, und danke für alles.« Amy blickte auf das Eis nieder. »O Jake, du hast dich daran erinnert, wie gern ich Pistazien- und Himbeereis zusammen mag!«

Jake nickte lächelnd; es freute ihn, daß Amy glücklich war. Sie klagte nie, aber er wußte, sie hatte jetzt häufig Schmerzen. Wenn ihr Leiden dadurch gelindert werden konnte, daß er sie hierherholte und mit ihr picknickte, dann war er absolut dafür.

»Ich bin gleich wieder da, Schatz«, sagte Jake und lief den Weg zur Küche entlang. »Warte nicht auf mich. Ich mache nur schnell Tee und Kaffee.«

Amy kostete vom Eis. Es schmeckte ihr gut, aber sie konnte es nicht ganz essen. Sie hatte kaum Appetit und schaffte auch nur ein paar Bissen von dem Apfelkuchen. Dann lehnte sie sich in ihrem Sessel zurück und wartete darauf, daß Jake erneut im Garten auftauchte. Plötzlich erklang Musik, und Amy lächelte still in sich hinein: Er hatte es irgendwie fertiggebracht, im Freien Lautsprecher zu montieren. Kiri Te Kanawa sang »Vissi d'arte«, und ihre herrliche Stimme schien in den Himmel aufzusteigen.

»Woher kommt die Musik, Jake?« fragte Amy, als er wieder da war und ihr eine Tasse Tee reichte.

»Von den singenden Steinen drüben in den Blumenbeeten«, erklärte er.

Amy lachte entzückt, und Jake lachte mit. Dann erkundigte er sich: »Magst du dein Dessert nicht mehr, Amy?«

»Nein, danke, Jake, aber was ich gegessen habe, war köstlich.«

Jake räumte den Teller ab und setzte sich mit seinem Becher Kaffee neben Amy. »Ich hoffe, du hattest Spaß an dem Picknick«, murmelte er.

»Ja, das hatte ich, und es war nett von dir, deinen einzigen freien Tag für mich zu opfern. Ich weiß, wie kostbar dir die Sonntage sind.«

»Mir hat es auch Spaß gemacht, Amy, und wenn ich dir helfen kann, dazu beitragen kann, daß du dich wohler fühlst, tue ich es gern.«

Amy drehte sich ein wenig zur Seite und richtete ihren Blick auf Jake. Sie liebte ihn sehr. Er war der einzige Mann, den sie je geliebt hatte, und sie liebte ihn seit ihrem zwölften Lebensjahr. Er war immer etwas Besonderes für sie gewesen; er hatte dafür gesorgt, daß auch sie sich als etwas Besonderes empfand. Und er war so freundlich. Immer schon. Amy hatte sich als die glücklichste unter den Frauen gefühlt, weil sie ihn hatte, mit ihm verheiratet war. Ihre Freundinnen hatten sie beneidet, aber denen ging es nur um Jakes gutes Aussehen. Sie allein wußte, was für ein wirklich lieber Mensch er war.

Jake sagte: »Du starrst mich so an, Amy. Was ist? Habe ich Dreck im Gesicht?«

Amy schüttelte den Kopf. »Ich habe nur daran gedacht, wie lange wir uns schon kennen.« Sie legte eine Pause ein, räusperte sich und fuhr dann vorsichtig fort: »Mavis hat mich am Freitag zu meinem Anwalt gebracht, Jake. Ich ...«

»Aber Amy, du brauchst dir doch jetzt wegen der Scheidung keine Gedanken zu machen. Sieh erst mal zu, daß es dir bessergeht.«

»Ich habe ihn nicht wegen der Scheidung aufgesucht. Die ist gar nicht nötig.«

Jake saß da und betrachtete Amy, verzog keine Miene. Er wußte nicht, was er erwidern sollte.

Amy sagte: »Ich sterbe bald, Jake. Ich werde das Ende dieses Jahres nicht mehr erleben, das weiß ich genau ...«

»Aber Amy, der Arzt sagt, daß du gute Fortschritte machst!« warf Jake ein.

Amy schüttelte den Kopf. »Das mag er sich einbilden, aber ich *weiß,* daß es nicht so ist. Wie auch immer, ich war beim Anwalt, weil ich mein Testament machen wollte. Das ist nun, da meine Mutter tot ist, nötig. Sie hat mir ihr Haus in New Milford hinterlassen, ihre Möbel und alles, was ihr gehört hat. Auch ein bißchen Geld. Also habe ich mein Testament gemacht, und du bist der Universalerbe.«

Jake starrte Amy sprachlos an. Schließlich sagte er: »Und was ist mit Tante Violet und Mavis? Das sind doch deine nächsten Angehörigen?«

»Nein. Mein nächster Angehöriger bist du, Jake Cantrell. Du bist mein Mann. Wir sind nach wie vor verheiratet, auch wenn wir nicht mehr zusammenleben. Und als deine Ehefrau hinterlasse ich dir meinen gesamten Besitz. Abgesehen von ein paar Sachen für Tante Violet und Mavis – Schmuckstücke von meiner Mutter, Porzellan und so weiter. Alles andere bekommst du. So möchte ich es.«

»Ich weiß nicht, was ich sagen soll«, begann Jake und hielt abrupt inne, starrte Amy an.

Amy lächelte. »Du brauchst nichts zu sagen, Jake.«

»Wenn du es so möchtest, dann danke ich dir, Amy«, murmelte Jake.

»Ich will dir noch etwas sagen ... Ich möchte mich bei dir entschuldigen, Jake, möchte zum Ausdruck bringen, wie leid es mir tut, daß ich eine schlechte Ehefrau war.«

»Amy, um Gottes willen, du warst keine schlechte Ehefrau! Du hast immer dein Bestes gegeben, das weiß ich.«

»Mein Bestes war eben nicht gut genug. Jedenfalls nicht für dich, Jake. Ich war immer so negativ und apathisch, und ich habe dir nie geholfen, wenn du versucht hast, das Leben für uns zu verbessern. Ich habe alles falsch gemacht, und das tut mir echt leid.«

Jake starrte Amy schweigend an, wieder um Worte verlegen.

Amy fuhr fort: »Ich bin wirklich gestorben in der Unfallnacht. Ich habe meinen Körper verlassen. Das heißt, meine Seele hat ihn verlassen. Oder mein Geist, wenn du es lieber so nennen willst. Ich bin in eine andere Sphäre eingetreten, in eine andere Dimension. Und ich habe meinen Vater gesehen. Dann schloß sich ihm meine Mutter an. Deshalb wußte ich, daß sie tot ist. Auch eine alte Seele war da, die sich meiner angenommen hat. Sie hat mich in eine Kristallhöhle gebracht, eine Höhle der Weisheit. Dort waren zwei weibliche Geister – weise Frauen. Sie haben mir einiges gesagt. Und mir gezeigt, wie falsch der Weg war, den ich gegangen bin. Ich habe mein ganzes Leben gesehen, Jake; ich habe meine Vergangenheit gesehen. Und deine.«

Jake schwieg.

Amy sagte: »Ich kann jetzt nichts mehr an meinem Leben ändern, weil ich keine Zeit mehr dafür habe. Aber ich bin der Mensch geworden, der ich immer hätte sein sollen, und ich muß versuchen, einiges wiedergutzumachen.« Amy lehnte sich in ihrem Sessel zurück und musterte Jake. »Du bist skeptisch, nicht wahr? Das heißt, was meinen Tod betrifft und den Umstand, daß ich zurückgekommen bin.«

»Nein, keineswegs«, antwortete Jake. »Ich weiß, daß es Menschen gibt, die ähnliche Erlebnisse hatten. Es sind etliche Bücher darüber geschrieben worden.«

»Das wußte ich nicht. Aber ich habe mir schon gedacht, so etwas sei vielleicht auch noch anderen begegnet.«

»Was dir widerfahren ist, nennt man Todesnäheerlebnis, Amy.«

Amy nickte. Dann schloß sie die Augen. Einen Moment später schlug sie sie wieder auf. Sie beugte sich vor, blickte Jake eindringlich an.

Er blinzelte. Amys Augen wirkten heller, lebensvoller denn je, und das Lächeln, das sich über ihr Gesicht verbreitete, war strahlend.

Amy sagte: »Ich habe nicht nur deine und meine Vergangenheit gesehen, Jake. Ich habe auch deine Zukunft gesehen. Meine nicht, denn ich habe keine mehr. Zumindest nicht in dieser Dimension.«

»Du hast meine Zukunft gesehen«, wiederholte Jake.

»Ja. Es gibt eine Frau in deinem Leben, und du liebst sie sehr. Sie ist älter als du, aber das spielt keine Rolle. Sie und du – ihr sollt zusammensein. Ihr solltet immer schon zusammensein, und dein ganzes Leben war eine Reise zu ihr. Wie das ihre eine Reise zu dir war. Ihr wart einmal zu *einer* Seele miteinander verbunden, und dann seid ihr getrennt worden. Ihr habt euer ganzes Leben mit dem Versuch verbracht, erneut zusammenzukommen. Als ihr euch gefunden habt, seid ihr wieder ganz geworden. Zweifle nie an dieser Frau.«

Jake öffnete den Mund, doch es wollten sich keine Worte einstellen.

Amy fuhr fort: »Diese Frau, deine Seelenfreundin, trägt dein Kind unter dem Herzen. Sie ist im fünften Monat. Das Kind wird im Februar auf die Welt kommen. Es ist ein Junge, Jake – du wirst den Sohn haben, den du dir immer gewünscht hast. Deine Zukunft sieht positiv aus. Du wirst in Wohlstand leben; du hattest immer recht damit, dein eigenes Geschäft zu eröffnen. Es wird noch besser laufen als bisher, und diese Frau, die dich liebt und dich heiraten wird, wird auch im Geschäftlichen deine Partnerin sein. Du wirst all die Dinge haben, Jake, die du immer wolltest, aber irgendwie mit mir nicht erreichen konntest. Nur darfst du dich von deinem Erfolg nicht verändern oder ihn dir zu Kopf steigen lassen. Du bist so ein guter Mensch. Du mußt immer an deinen alten Werten festhalten.«

»Amy, ich weiß nicht, was ich sagen soll. Es ist wahr, ich bin tatsächlich einer Frau begegnet. Im April. Ich habe sie dir gegenüber nie erwähnt, weil ich dich nicht verletzen wollte ...«

»Sag nichts mehr, es ist nicht nötig. Ich habe dich verletzt, das hat man mir gezeigt, und ich bin zurückgeschickt worden, um die Dinge mit dir zu klären und dir bei deiner Zukunft zu helfen.«

»Wie?«

»Indem ich dir die Richtung weise, dich auf den rechten Weg bringe. Du hast bereits begonnen, ihn mit deiner Seelenfreundin zu beschreiten. Sie ist stark und klug, und du mußt immer auf sie hören.« Amy nickte. »Laß dir von ihr raten. Und folge deinem Gespür. Es trügt dich meistens nicht. Hab mehr Vertrauen zu dir selbst.«

»Ich weiß nicht, was ich sagen soll«, begann Jake erneut und hielt inne. Amy betrachtete ihn, und ihm ging auf, wie gut sie aussah. Er hatte den Eindruck, in diesem Moment habe sich mit ihr eine wunderbare Verwandlung ereignet. Ihr Gesicht leuchtete, ihre hellblauen Augen funkelten, und selbst die blonde Lockenperücke, die sie trug, schien plötzlich zu ihr zu passen.

»Jetzt muß ich aber sagen, daß du mich anstarrst!« rief Amy.

»Ich habe mir gerade gedacht, wie strahlend du aussiehst.«

»Ich bin es auch. *Innerlich*. Ich möchte, daß du mir etwas versprichst, Jake.«

»Ja, Amy. Was?«

»Wenn ich tot bin, sollst du sofort heiraten. Ich möchte nicht, daß du eine Trauerzeit für mich einlegst. Das wäre verlogen, weil wir schon fast zwei Jahre voneinander getrennt sind.« Amy hielt inne und blickte Jake tief in die Augen. »Länger noch, wenn du an die Zeit denkst, die wir zusammengelebt haben, ohne uns miteinander zu verständigen. Versprichst du mir, worum ich dich gebeten habe?«

Jake nickte.

Amy fuhr fort: »Ich glaube, daß ich bald sterbe, Jake.«

»Ach, Amy ...«

»Ich muß dir noch etwas sagen: Die Liebe ist das Wichtigste auf der Welt.«

»Du hast recht«, antwortete Jake.

Amy lächelte wieder und sagte sanft: »Ich habe keine Angst vor dem Sterben, Jake. Nicht mehr. Ich weiß, daß es ein Leben nach dem Tod gibt, verstehst du? Kein Leben, wie wir es hier kennen, sondern auf einer anderen Ebene. Ich freue mich darauf, meinen Leib zu verlassen. Dann ist meine Seele endlich frei ...«

15

Maggie stand in der Küche, schaute aus dem Fenster und fragte sich, was mit Jake war. Draußen herrschte dichtes Schneetreiben; kleine kristallische Flocken backten an den Scheiben fest. Maggie machte sich bei solchem Wetter immer Sorgen um Jake. Die Straßen konnten so tückisch sein.

Maggie kam zu dem Schluß, daß er sich wegen des Weihnachtsverkehrs verspätete. Er hatte versprochen, um 14 Uhr da zu sein, aber vielleicht war er in Kent aufgehalten worden, im Kleinen Theater. Auf Samanthas Bitte war er hingefahren, um sich ein Beleuchtungselement anzusehen, das am Vorabend durchgebrannt war. Von den Bühnenarbeitern wußte keiner, wie man es auf Dauer reparieren konnte. Doch Jake hatte es entworfen, und so würde er in der Lage sein, das Problem zu lösen.

Maggie dachte einen Moment an das Stück. *Hexenjagd* hatte im September Premiere gehabt und wurde zur Überraschung und Freude aller immer noch gespielt. Am Wochenende war regelmäßig ausverkauft, und Samantha war als Intendantin, Regisseurin und Besitzerin des Theaters in ihrem Element.

Maggie wandte sich vom Fenster ab und ging durch den Raum. Ihr Schritt hatte sich verlangsamt. Sie war im siebten Monat. Das Baby – ein Junge – sollte in acht Wochen kommen, und Maggie konnte kaum erwarten, es zur Welt zu bringen. Es war groß geraten, und das sah man Maggie an; sie wurde, so schien es, von Tag zu Tag langsamer.

Sie nahm am Küchentisch Platz und überflog ihre Geschenkliste. Da sie zeitig mit ihren Weihnachtseinkäufen angefangen hatte, war sie fast mit allem fertig. Heute war Samstag, der 16. Dezember, und was sie sonst noch brauchte, würde Jake besorgen müssen. Maggie wußte, sie hatte nicht die Energie, sich durch die Geschäfte durchzukämpfen, jedenfalls nicht durch die großen.

Wenigstens mußte sie nicht viel kochen. Den ersten Feiertag würden Jake und sie bei Samantha verbringen. Und an Heiligabend kamen Samantha, ein paar Schauspieler und andere von der Theatergruppe zu ihnen. Maggie hatte schon vor Wochen beschlossen, ihre Gäste mit einem kalten Büffet zu bewirten – das war für sie selbst am einfachsten, weil man es bei einem Partyservice bestellen konnte.

Maggie erhob sich, tappte in das kleine Wohnzimmer, ging zum Weihnachtsbaum. Jake und sie hatten ihn in den letzten vierzehn Tagen langsam und stückchenweise geschmückt – hauptsächlich weil Jake soviel zu tun hatte im Geschäft. Und Maggie war schwerfällig und keine große Hilfe für ihn.

Maggie lächelte in sich hinein, legte die Hände auf ihren Bauch. Das Baby war ihr Schatz. Ihrer und der von Jake. Er konnte es kaum erwarten, daß das Kind geboren wurde, und verhätschelte Maggie ständig, behandelte sie wie ein rohes Ei.

Maggie trat vor den Baum und betrachtete ihn kritisch, denn sie wußte, manche Zweige waren noch ziemlich kahl. Vielleicht blieb ihnen heute Zeit, beim »Silo« vorbeizuschauen und weitere Gold- und Silbereiszapfen, Engel und Früchte zu kaufen. Jake und Maggie hatten einen Baum in Gold und Silber kreiert, da und dort mit

Andeutungen von Rot und Blau, und er war ein echter Blickfang, dachte sie.

Langsam kehrte Maggie in die Küche zurück und trat wieder ans Fenster, wartete auf Jake, wünschte sich, er käme bald nach Hause. Nach einer Weile ging sie zum Radio und stellte es an.

»*Nun soll es werden / Friede auf Erden / Den Menschen allen / Ein Wohlgefallen, / Fürchtet euch nicht ...*«, sang eine Frauenstimme.

Maggie wurde sofort abgelenkt. Sie hörte den Transporter auf dem Hof und schaute gespannt zur Tür.

Wie immer, wenn sie Jake sah, selbst nach sehr kurzer Abwesenheit, spürte sie es in der Magengrube. Solche Liebe ... Manchmal befürchtete Maggie, daß sie ihn viel zu sehr liebte.

»Hallo, Liebste«, sagte Jake. Er kam zu ihr, hinterließ eine Schneespur auf ihrem sauberen Boden. Doch das kümmerte Maggie nicht. Sie strahlte Jake an und antwortete: »Hallo, mein Schatz. Ich habe schon angefangen, mir Sorgen zu machen, habe mich gefragt, was dich so lange aufhält.«

»Das blöde System, das ich erfunden habe!« rief Jake. »*Das* hat mich so lange aufgehalten!« Er nahm Maggie in die Arme und küßte sie auf die Wange.

»O Jake, dein Gesicht und deine Hände sind ganz kalt. Warum hast du keine Handschuhe angezogen und keinen Schal?«

Jake grinste Maggie an wie ein kleiner Junge. »Mach dir nur keine Gedanken meinetwegen. Mir geht es gut. Und das System wird es heute und morgen schon noch tun. Aber nächste Woche muß ich wohl etwas anderes montieren. Samantha bringt mich um, wenn ich es nicht perfekt hinkriege, und was wir im Moment haben, ist bestimmt nicht perfekt.«

»Möchtest du eine Tasse Kaffee?«

Jake schüttelte den Kopf. »Wir sollten uns jetzt lieber auf den Weg machen. Es schneit, und der Schnee bleibt liegen. Wir werden eine gute halbe Stunde bis New Milford brauchen. Hast du die Pflanze für Amy?«

»Die steht auf dem Küchentresen.«

Jake betrachtete sie. »Sieht hübsch aus mit der blausilbernen Schleife. Das hast du schön gemacht, Maggie.«

Sie nickte. »Gehen wir, Jake?«

»Ja. Ich hole deinen Mantel.«

Es hatte aufgehört zu schneien, als sie in New Milford ankamen, und die Sonne schien von einem strahlend blauen Himmel.

Maggie hielt sich an Jakes Arm fest, während sie den Weg entlanggingen. Auf den Steinplatten lag eine dünne Schneedecke, und Maggie hatte Angst, daß sie ausrutschen könnte.

»Da sind wir«, sagte Jake ein paar Sekunden später. »Jetzt laß mich das auspacken.« Er zog die Pflanze aus dem Einwickelpapier und steckte es in seine Tasche. Dann bückte er sich und stellte das kleine immergrüne Gewächs auf das frische Grab.

Er richtete sich auf, wandte sich Maggie zu, legte den Arm um sie. »Ich bin froh, daß wir hergekommen sind«, murmelte er. »Schließlich habe ich ihr mein Wort gegeben. ›Besucht mein Grab, sooft ihr könnt, wenn ihr verheiratet seid‹, hat sie gesagt, und dann mußte ich es ihr versprechen.«

»Sie hat jetzt Frieden«, meinte Maggie. »Ist von ihrer Qual und ihren Schmerzen erlöst.«

Jake nickte. »Ihre Seele ist frei. Am Ende hatte sie überhaupt keine Angst vor dem Sterben mehr.«

Maggie zog ihre Handschuhe aus. Sie beugte sich über

das Grab, rückte die blausilberne Schleife zurecht. Ihr breiter goldener Ehering blinkte im Nachmittagssonnenschein. »Das liegt daran, daß Amy wußte, wohin es geht«, antwortete Maggie leise.

Jake nickte und legte den Arm schützend um seine Frau. Gemeinsam standen sie eine Weile schweigend am Grab, jeder an seine eigenen Gedanken verloren. Jake erinnerte sich an Amy, die vor vierzehn Tagen gestorben war. Er hatte sie die meiste Zeit seines Lebens gekannt, und sie waren schon an der High-School ein Pärchen gewesen. Aber irgendwie war mit ihnen alles schiefgelaufen. Trotzdem waren sie Freunde geblieben. Jake war froh darüber. Es machte ihn glücklich, daß er Amy am Ende hatte trösten können, daß er ihr geholfen hatte während ihrer Krankheit. Er war bei ihr, als sie starb, und ihre letzten Worte galten ihm. »Gott segne dich, Jake«, sagte sie. »Und deine Seelenfreundin und das Kind.«

Eine Woche nach Amys Tod hatten Maggie und Jake geheiratet – womit sie Amys Wunsch erfüllten, daß sie es sofort tun sollten. Jake hatte es selbst so gewollt, und er wußte, Maggie dachte wie er. Die Hochzeit fand in Samanthas Haus in Washington statt; Sam hatte darauf bestanden. Sie traf auch Vorkehrungen dafür, daß ein Richter, der mit ihrer Familie befreundet war, die kurze Zeremonie vollzog. Sam selbst und Alice Ferner, die Kostümbildnerin der Theatergruppe, waren Trauzeugen.

Jake wußte, daß er den letzten Sonnabend nie vergessen würde. Ihren Hochzeitstag. Maggie war so schön gewesen, so lebendig. Sie hatte ein blaues Umstandskleid aus Wolle getragen, das zu ihrer Augenfarbe paßte, doch ansonsten hatte sie wenig getan, um zu verbergen, daß sie im siebten Monat schwanger war. Niemand nahm Anstoß daran. Maggies Augen waren voller Tränen, als der

Richter verkündete, sie und Jake seien nun Mann und Frau, und auch Jake weinte fast. Sie waren beide sehr gefühlsbetont gewesen an diesem Morgen, und noch viele Tage danach.

Sam gab ein kleines Essen, und die Besetzung von *Hexenjagd* kam, um auf das Wohl des Paars zu trinken und ihm alles Gute zu wünschen, ehe sie wieder nach Kent zum Kleinen Theater zurückfuhr. Es war der eindruckvollste Tag in Jakes Leben gewesen.

Nun sagte er: »Ich glaube, wir sollten gehen, Maggie. Es fängt wieder an zu schneien.«

Gemeinsam liefen sie den Weg zum Friedhofstor entlang. Einmal blickte Maggie zum Himmel auf und sah über sich einen Regenbogen. Undeutlich, aber er war da. Maggie blinzelte im hellen Sonnenschein und schaute weg. Als sie die Augen erneut zum Himmel wandte, war der Regenbogen verschwunden.

Maggie hielt sich an Jakes Arm fest, während sie den Weg weitergingen, und sagte ruhig: »Der Lebenszyklus ist unendlich, und er wandelt sich nie.«

Jake betrachtete sie stirnrunzelnd. »Wie meinst du das?« fragte er.

»Ein Todesfall hat sich ereignet ... und bald gibt es eine Geburt. So ist es. *Immer.* Eine Seele hat Ruhe gefunden, eine andere kommt auf die Welt.«

Jake nickte. Schweigend verließen sie den Friedhof und kehrten zum Jeep zurück. Als Jake Maggie in den Wagen geholfen und auf dem Fahrersitz Platz genommen hatte, beugte er sich über sie und küßte ihre Wange. »Ich liebe dich, meine Maggie«, sagte er. Dann schaute er auf ihren gewölbten Bauch, legte seine Hand darauf und fügte hinzu: »Und ich liebe unser Baby. So etwas von Wunschkind hat es selten gegeben.«

»Ich weiß«, antwortete Maggie. Lächelnd sah sie Jake

in die Augen. »Komm, Liebling, es ist Zeit, nach Hause zu fahren.«

Nach Hause, dachte Jake, als er den Schlüssel ins Zündschloß steckte und umdrehte. *Ja, nach Hause.*